ありふれたこと

Commonplace

Christina Rossetti
クリスティーナ・ロセッティ 著

橘川寿子 訳

溪水社

ダンテ・ゲイブリエル・ロセッティによる
クリスティーナ・ロセッティの肖像画
(1848 年頃の鉛筆画、アシュモレアン博物館蔵)

『ありふれたこと』目次

『ありふれたこと』

第一章

ブロンプトン・オン・シー――『ブラッドショウ』(1)に載っていないような町の名前ならどこでもいいのだが――四月のブロンプトン・オン・シー。

大気は澄み切って、明るい日差しに満ち、海は青く、うねりがなく、さざ波が立っている。目にするものも見えないものも、すべてが緑で陽気に萌えたつ。鳥達はわら屑や綿毛の上で動きまわり、そこに大きな蝶が舞い込んで来る。もう一匹の大きな蝶が空中を行ったり来たりしていたが、最初の蝶のまわりをくるくる回って舞っている。一列に並んだ家々はどれも同じような構えで、海のほうを向いている――どれも似ているのは、化粧漆喰で塗られた家の正面と左右対称のドアや窓のせいだろう。だが単調な屋並みの中の一軒の家は、目を止めるに値する。というのは、細長い前庭や窓辺にはヒヤシンスや早咲きのバラが他の家より、たくさん咲いている。外見から判断すると、この場合に限り正しい判断だが、下宿屋の多い遊歩道にあるが、この家は個人の住宅に違いない。

　屋内もきれいで、冬は暖かく、夏はさわやか。今は春の盛りで、窓を開け放しても明るい日差しは入るが、朝食をとる部屋は炉の火を入れてもいいほどの涼しさである。

　三人の女性が朝食のテーブルについていた。三人の娘達は、強い血のつながりで似ていて、明らかに姉妹であるが、またそれぞれが異なる強い個性を持っていた。長女のキャサリン、ミス・チャールモントは三十三歳になったところで、いつどんな時にも縁なし帽子をかぶっていた。そのようにし始めたのは三十歳で、その時ダンスも止め、イヴニング・ドレスを着る時には首や腕をレースで被うようになった。物腰はきちんとしていて優しく、都会風というよりも田舎風の味わいがあった。けれどもそれは昔の州都の大邸宅に見られるものではなく、彼らの住む田舎町の持つ地方の味わいであった。それでも彼女は本質的に育ちのよい婦人であり、背が高くて美しく、立派な家庭の立派な一員であった。彼女はお茶やコーヒーを取り仕切り、当世風の使い方だが、ティー・トレイを使い続けていた。

　彼女の向かいには、ルーシーが座っていた。顔立ちや肌の色つやはそれほど目立たないが、表情には感受性の鋭さがうかがえた。かなりきれいで、とても愛らしく、まだ三十歳にはならず、いろいろな点でキャサリンにまだ子供のように扱われていた。彼女はパンとハムを配り、テーブルについた皆に食べ物が行きわたるまでは、姉と同じく、思いのままに手紙を開けてしまうというようなことはしなかった。

　三番目のジェインは、肉料理も飲み物も配る責任はなく、好きなように手紙を開け、あるいは新聞をめくった。彼女は年の離れた末娘で、今まさに美しく花開こうとしていた。横顔はギリシャ彫刻のようであり、目は大きく、豊かな金髪は波打っていた。彼女を見た瞬間に、キャサリンやルーシーの存在は完全に陰に追いやられてしまう。しかし、後になって、姉達のほうが、年を重ねているにもかかわらず好まれる場合もあった。というのも、ジェインの顔立ちだけが、三人の中で面白味が無いと思われるからである。そこには喜びも不快な気分もすぐに表れるが、その喜びは軽薄であり、その不快さはしばしば気まぐれである。男ならジェインに恋するかもしれないが、友情は抱かない。キャサリンとルーシーは、恋人には恵まれないかもしれないが、友人はきっと得るだろう。

　我々の物語が始まるその朝、年上の二人はそれぞれの仕事で忙しくしていたが、ジェインはもう紅茶をすすりながら、タイムズ紙増補版の、「誕生、結婚、死亡」(2)の欄に目を通していた。彼女は座って片ひじをテーブルにつき、うつむいた目は長いまつ毛を引き立たせていた。ドレスは彼女にとって大問題であり、朝食用のピンクと白の服は四月そのもののようにさわやかで花が咲いたようだった。無造作におろした髪は長くゆったりと肩にかかり、自由に揺れ動いていた。そしてキャサリンは彼女を見つめながら、長年、母親代わりの務めを果たしてきたこの可愛らしい娘に母親のような誇りを感じていた。ルーシーは、なんとジェインは若く生きいきしているのだろうと思いながら、自分自身は二十九歳になったことを思い出していた。たとえその思いに残念な気持ちがあっても、羨望じみたものはなかった。

ジェインは声に出して読み上げた。「《ハルバートとジェイン》――私が、このジェインだったらいいのに。ほんとうに、ここにもまだ二人もジェインのことが出てるけれど、私のことじゃないんだわ。《キャサリン》ですって、これは死亡欄よ。ルーシーというのはどこにも出ていないわ。キャサリンは八十九歳で皆に尊敬されていた。《アンストゥルーサー夫人、（とある家の息子であり相続人の妻である）》これはスコットランドで会ったことのあるアンストゥルーサー家の人達じゃないかしら。彼女はとても不器量で背が低かったわ。《エヴェリルダ・ステラ》―― エヴェリルダって一体誰かしら？」それから急に興味を持ったように「あら、ルーシー、エヴェリルダ・ステラは、本当にあなたのハートリー氏と結婚したのよ！」

ルーシーは驚いたが、誰もそれには気づかなかった。キャサリンは言った。「《あなたの》ハートリー氏なんて言っちゃだめよ、ジェイン。結婚していない女性に対して結婚している男性のことをそんなふうに言うのは適切な言い方ではありません。《あなたの知っているあのハートリー氏》とか、《ロンドンで会ったことのあるあのハートリー氏》とおっしゃい。それに私も知っている方よ。でも全く違う人かもしれないじゃない。ハートリーは珍しい名前じゃないわ」

「ああ、でもあのハートリーさんよ、お姉さま」とジェインは言いかえし、読み続けた。

「《十三日の月曜日にフェントンの教区教会において花嫁の叔父、ジェイムズ・ダラム師の司式により、グロスターシャー、ウッドランズのアラン・ハートリー氏は、エヴェリルダ・ステラと挙式。花嫁は同州のオーピンガム・プレイスのジョージ・ダラム氏の一人娘で推定相続人である》」

第二章

この物語が始まる四十年前、インド駐留のイギリス陸軍所属の外科医[3]、ウィリアム・チャールモントは給料の他には一文無しであったが、思いがけず年に数百ポンドの資産を独身の大叔母が遺してくれた。その大叔母には一度会ったきりで、その時、彼は五歳であったが、《elephant》の綴りを間違えて両耳を叩かれた。罰を受けながら、泣きもわめきもしなかった我慢強い態度が大叔母の心をとらえたのかもしれない。とにかくどんな動機からにせよ、何年も経って、彼女は三人の甥と一人の最も近い従妹を差しおいて、自分の全財産を彼に残したのだ。このほどほどの財産を得た彼が、健康上の理由と、また帰りたい気持にもなって、インドでの軍医からイギリスでの一般開業医に変わろうと思ったのも、もっともである。一見、どうと言うこともない成り行きから、国に帰るとすぐに、当時は子供の水遊び場であったブロンプトン・オン・シーに落ち着いた。その頃、この地は王室の公爵が訪れたことで評判が高まっていて、浜辺には行楽客の集まる流行の波が押し寄せはじめていた。

我々の物語が始まる家は当時ぽつんと建つ一軒家で、牧師の未亡人のものであった。一人娘がいたが、わずかな年金で暮らし、他に所有するものは何もなかったので、下宿人を探していた。そして新しくやってきた開業医を喜んで下宿人に迎えた。その未亡人、ミセス・ターナーは下宿人を受け入れた後も、夫と娘がいた時にその同じ家を一人で所有していた頃と変わらず、淑女であり、自分でもそのように思っていた。朝食後に亜麻布のエプロンをかけ、女中のマーサを手伝ってチャールモント氏のベッドを整えている時も、午前中はいつも貧しい近隣の人々を慰問していた昔と変わらず淑女であった。

娘のケイトは境遇が変わったのを、つらく感じていた。時には不愉快で恥ずかしそうに、時には不安げに自己主張をして、世間体を重んじるグランディ夫人[4]の意見にどれほど重きを置いているかを示した。彼女は、母親の亜麻布のエプロンに日々屈辱を味わい、女中がマーサ一人しかいないので、手が足りなくて苛々させられた。彼女は昔の友達の招待を、着て行く衣装が変わり映えしないからと断って水をさし、新しい知り合いは、訪問を受けた時に自分自身か母親がドアを開けたりするといけないので、来訪を断った。いつも体裁をとりつくろうことばかり考えていたので、彼女は緊張し、不自然だった。ターナー夫人が下宿人を置くなど考えてもいなかった人々は、ターナー嬢の不安げな様子によってそのことを思い出させられた。

しかしケイトは可愛らしく、頬の赤い色白な顔はインドの太陽の下で痛めつけられていた目には大変新鮮に映った。最初のうち、チャールモント氏はケイトを単に気どり屋で愚かだと見下していた。それから、どんなに愚かで気どり屋であっても彼女は間違いなく可愛いと考えるようになった。次に運命が暗転したことは同情に値すると考え、紳士としてどんなことでも礼儀正しい思いやりをすべきだと考えた。自分の蔵書を貸したり、応接間に飾る花や、食後の果物という形で、チャールモント氏はこのような思いやりをすぐに表した。ケイトは、公平に見れば、浮ついた娘ではないので、彼の思いやりなど気にしなかった。しかしもっと経験のある彼女の母親は様子を見ていて、思いをめぐらし、彼女の下宿人の親密さを調べる機会をとらえ、むしろそのような機会を作ったのだ。チャールモント氏はひるまず、反対されるとよけい熱心になって、自分の気持を表現しなくてはならなくなり、そうなると母親と娘には確信が生まれた。何ヶ月も経たないうちに、ケイトは家を持参金としてウィリアム・チャールモント夫人となり、不快な下宿人は愛情に満ちたやさしい夫になり、ターナー夫人は隠居して年金生活を送り、独りになって人生を全うしたのである。

希望と失望のうちに数年が経った。希望が消えかかって落胆に変わる頃、小さな女の子、キャサリンが生まれた。また数年経って、二番目の娘が生まれ、祖母のターナー夫人の名をとってルーシーと名付けられた。祖母は自分の名をつけられた孫を見るまで生きてはいなかった。それからまた何年も子供が生まれることなく過ぎて、やがて姉妹はミス・ドラムの学校に通学生として入れられ、母親は病弱で怠惰に過ごすようになっていた。

時は過ぎ、娘たちは賢く、可愛らしく成長し、――キャサリンは格別美しかった。彼女がそろそろ十二歳を迎える頃、ある晩チャールモント氏は妻に向かって言った。「私は遺言を作ったよ、ケイト。そして全部をまず君に、それから次に二人の子に譲る」すると彼女は顔を赤らめながら答えた。彼女はまだ美しく、頬を赤らめることは彼女に似合っていた。「あら、ウィリアム、でも、もう一人赤ん坊が生まれるかもしれないじゃない？」「その時はまた遺書を作るよ」と彼は答えたが、どうして妻が顔を赤らめて熱心に言うのかわからなかった。彼はそんな望みはもう全く持っていなかった。

チャールモント氏は舟遊びが好きだった。ある日、娘達がイースターの休暇で家に居る時、舟を一漕ぎしようと娘達を誘った。けれどキャサリンはひどい風邪を引いており、ルーシーのほうは舟を漕ぐのが得意ではないので、姉娘が一緒にいなくて、ルーシーの世話を自分ひとりがするのは気が進まなかった。妻は全く舟遊びは好きではなかった。

そんなわけで彼は一人で出かけた。朝は曇っていて肌寒かった。しかし風もなく海は穏やかだった。彼は昼食と釣り道具を舟に持ち込んで夕方まで家には帰らないと言い残した。

風もなく日も射さなかった。その日はますます雲がたれこめて、やがて薄暗くなっていった。煙のような霧が陸から立ち上り、断崖から砂浜に向かい、砂浜から水際へと広がっていった。どこまでだか見渡せないほど、おそらく海上何マイルも先まで広がったのだろう。海岸線も陸標も消してしまう濃い霧の向きを変える風は吹かなかった。夕方になっていき、宵闇が濃くなった。漁師達は浜辺に集まって、海に出ている者達を心配していた。彼らはかがり火を焚いて、叫び、かき集めることのできた一、二丁の古い銃を撃ちあげ、なおもじっと見守り、不安に駆られ、待ち望んだ。やがて舟が、一艘《そう》、また一艘《そう》と帰ってきた。ある舟は焚き火の火に、ある舟は銃の音に導かれて入ってきた。ついには真夜中までにすべての舟は無事に戻ってきたが、チャールモント氏の舟だけは戻らなかった。

彼に関しては、その晩のことは、後になっても全く何もわからなかった。人も舟も、そのどちらからも何の遺留品も岸に上がることは無かった。

チャールモント夫人は夫の失踪の知らせを実に静かに受けとめた。泣きもせず、いら立つこともなく、捜索のためには何の手段もとらなかった。しかし、彼女はキャサリンにいつ彼が帰ってきてもよいように、お茶の用意はしておくようにと言いつけた。これを彼女は毎日繰り返し、日に何度も口にした。そして彼女自身は窓辺に座って海のほうを見て、微笑みながら機嫌よくしていた。誰かが話しかければ、何とでも答え、明るかった。昔からいる乳母が呼べば、立ったりベッドに向かったり、食べ物を前に用意されれば、食べたり飲んだりしたが、何も自分からはしようとせず、ただ一つの気がかりなことは、夫が帰ってきた時にお茶の用意ができているかどうかで、それ以外は何事にも無関心だった。

休暇が終わり、ルーシーはミス・ドラムの学校に戻り、毎日いやいやながら通学していたが、キャサリンは家に残って、家事を切り盛りし、茫然としている哀れな母親のそばに座っていた。

数ヶ月たって、終わりが来た。ある夜、乳母がいつになく断固として、娘達に早く床につくようにと命じた。だが夜明け前にキャサリンは騒がしさに目を覚まし、新しく妹が生まれ、母親が死にかけているのを知った。

生きる力がほとんどなくなり、死が近くなると、母に正気らしきものが戻ってきた。泣いているキャサリンをチャールモント夫人はじっと見つめ、手を取ってはっきりした口調で言った。「キャサリン、約束して。ここにいて、お父さまが岸に着いて戻っていらっしゃる時の用意をして。あなた達の誰かがここにいてちょうだい。お父さまが帰っていらした時に私がいなくて、他に誰もいないなんてことがないように。ご遺体が無事に岸に戻って来ても私達が皆、いなくなっているなんて、誰もいないなんて……。約束して、キャサリン」

そしてキャサリンは約束した。

＊＊＊

チャールモント氏は亡くなった時は、裕福な人であった。かなり所得のある開業医をして、貯めたお金は投資して利益を得ていた。彼の遺言により、母が亡くなった時は、豊かな財産が娘達に残された。厳密に言うと、キャサリンとルーシーに残されたのであり、赤ん坊のジェインはどうしても姉達に頼らねばならなかった。だがその姉達は、父の財産に対して、後になって妹より自分達のほうが明白な、または正当な権利を持っているなどとは思わなかった。

チャールモント氏は、娘達の後見人を一人だけ任命していた。彼女達の学校の先生の唯一の弟、ドラム氏であった。ブロンプトン・オン・シーで開業し繁盛していた、大そう実直な弁護士だった。彼はチャールモント氏より少し年下であり、彼にとっても自分にとってもうまくいくようにと考えていた。チャールモント夫人が亡くなると、ドラム氏は二人の姉娘をロンドン近くの洗練された寄宿学校に入れ、これまでいた乳母と、赤ん坊に乳を与える乳母もつけて元の家に赤ん坊と一緒に住まわせ、家の管理をさせるという考えを提案した。しかしキャサリンはこれに反対し、死に瀕した母と、よそには行かないと約束したのだからと自分の考えをしきりに申し立てた。自分の意見を譲らないのでドラム氏のほうが折れ、姉妹は別れ別れになるのは耐えられないので前と同じようにミス・ドラムの学校に通うという案に彼も同意した。ミス・ドラムは姉妹の母親の親しい友人であり、キャサリンが成年に達するまで、できる限りの適切な社交生活をさせることを約束した。そしてミス・ドラムは姉妹の家から歩いて二分ほどのところに住んでいたので、何も問題はなかった。二十一歳になった時に、この特殊な境遇のもとで、キャサリンは妹達の付き添いをするのに適切な年頃と見なされた。乳母は立派な初老の女性であったが、家政婦として、また子供達の世話をするために家にとどまることになった。赤ん坊のための乳母は後から子守りが引き継ぐことにし、他に女中も二人つけて、一世帯がそろうことになった。

キャサリンは、ほんの十三歳だったが、このような取り決めが実際に始まった時は、十六歳と言ってもいいほど背が高く、すでに威厳を備え落ち着いていた。責任感がいよいよ強まり母親代わりになると、子供達より自分を後まわしにするような、どことなく母親らしい本能が芽生えてきていた。

第三章

前章は中途で挿入された説明的なものであったが、この章はまた中断していた物語を再開する。

朝食後、姉妹たちはそれぞれ散っていった。ルーシー・チャールモントはタイムズ紙増補版を手に取ってハートリーとダラムの記事を自分で読み直した。《十三日の月曜日にフェントンの教区教会において花嫁の叔父、ジェイムズ・ダラム師の司式により、グロスターシャー、ウッドランズのアラン・ハートリー氏は、エヴェリルダ・ステラと挙式。花嫁は同州のオーピンガム・プレイスのジョージ・ダラム氏の一人娘で推定相続人である》

どこにも疑いの余地はなかった。ハートリー氏 —— ジェインが呼んだように《彼女の》ハートリー氏はエヴェリルダ・ステラ、推定相続人とされる女性と結婚したのだ。このようにしてルーシーの一つのロマンスは終わったのだ。

哀れなルーシー！　あのロマンスは彼女の落ち度ではなく、決して愚かだったのではない。事の起こりはこうだ。ミス・チャールモントが二十一歳の時、ルーシーは十八歳であり、正式に姉の庇護のもとに社交の場に出て行くことになった。それ以来、姉と共に舞踏会やパーティーに時々出かけて行き、都会や地方の友達の家に滞在した。このように出かけるためにはジェインに家庭教師が必要になった。ミス・ドラムはその頃までには、彼女自身の言い方で言うと「教育職は返上」していて、自分自身の力で得た気持ちよく暮らすのに十分な収入で隠退生活をしていた。したがって、ミス・ドラムの学校にジェインは行くことができなかった。ルーシーはこの問題が出てきた時、とっさにやさしい気持から、これからはよそを訪ねたりしない、そうでなければ自分とキャサリンとは別々に訪問すると断言した。けれどもキャサリンは、自分は二人の妹に対して母親の立場にあると思っており、二人に対して同じように公平な基準を固く保とうとしていたので、こう答えた。「あらまあ！」――ミス・チャールモントが「あらまあ！」と言うと、議論は終わりを告げた。「あらまあ！　ジェインは家庭教師が必要です。休暇はいつも私達と一緒に過ごし、そして十八歳になって社交界に入る年齢になったら、学校にはもう行きません。でも今はあなたのこととあなたの将来のことを考えなくてはいけないわ」そこでジェインには一流の家庭教師がつけられた。彼女はつい最近まで爵位のある家で働いていた人で、社交上のたしなみがあり、衣装の装い方に優れていた。一方キャサリンは付き添い《シャペロン》の役目を果たしはじめた。ルーシーは姉のほうが、自分より立派で、それほど年齢も違わないし、結婚の見込みがあるのは彼女も同じではないかと思い、彼女に機会を見出すよう懸命に取り計らっていた。けれどもキャサリンは自分のこととなると、そんな風には考えもしなかった。彼女は臨終の母との約束、姉妹の誰かがブロンプトン・オン・シーの、その場所にいつもとどまるという約束――実際あの時はそのつもりであったが――、その約束を必ず文字通り実行するという決心をしていた。そしてまた一方で、あまり正気で考えない者にしか、このような約束を果たすことはできないだろうと感じてはいた。真面目できちんとした物腰、威厳のある容姿のキャサリンは、控えめな性質であるが愛想よく振る舞い、知り合いの男性が注目しても気づいたふうはなく、また応じるようなことはなかった。もしそのうちの誰かが結婚の申し込みをしてきても、相手のことも、自分自身の気持ちも、心のうちにおさめていた。

一方ルーシーはひとりで、若い女性によくある望みや不安にひたっていた。最初はすべてのパーティーも訪問も楽しかったが、楽しいものもそれほどでもないものもあり、やがてそこには違いがあることがわかってきた。あるパーティーは退屈で、ある訪問はうんざりした。ルーシーがどこに行くにもキャサリンと一緒だった最後の年、つまり、外出の機会が来るとキャサリンに伴われてジェインとルーシーが交互に出かけるようになる前（というのはルーシーが三十歳になるまでは付き添い無しで一人で出かけることなどはミス・チャールモントの目には許しがたい大それた行為にうつったからである。もっともキャサリン自身はそうしていたのだが、自分の場合は特別だと彼女は言っていた）――その最後の年、二人の姉妹は一緒に一ヶ月をドクター・タイクの家で過ごしていた。彼の妻は結婚する前はもう一人のルーシー・チャールモントという名の人で、姉妹の父親のお気に入りの従姉だった。彼女は、何年も前にこの一文無しの陸軍軍医の求婚をはねつけたらしいという話も伝わっていた。

いずれにしても、ロンドンのタイク夫人の家で二人の姉妹はある六月を過ごし、その時そこで、ルーシーは「運命の人」に出会ったのである。幾分か気持が揺れ動き、感傷的にもなって、彼女は日記にこの重大な最初の出会いを書きこんだ。アラン・ハートリーはドクター・タイクの甥で、内面の奥深さは無いにしても、見た目にはハンサムで賢こそうだった。ちょうどウッドランズの父の後を継いで当主になった時で、裕福で、職にも就かず、楽しいお相手となる可愛い女性といくらでも時間をのらくら過ごすのに障害となるものは何もなかった。そのような女性の一人がルーシー・チャールモントだった。結婚するなどという考えは彼の心に浮かばなかったが、ルーシーはそう考えていた。彼は実際に、ほかでも同じように十人あまりの女性にやさしくしたが、自分に対する彼の態度で判断したルーシーは、間違った結論を引きだした。その楽しい六月は終わり、彼は何も口にしなかった。しかし二年後に再び訪問する機会があった。最初の時と同じように楽しく、同じように誤解に満ちていた。その間、ルーシーは、一度ならず他の結婚の申し込みを断っていた。哀れなルーシー・チャールモント。彼女の愚かさは、もし愚かであったにしても、そう咎められるものではなかった。

失望の時は、辛くまた思いがけずにやってきた。ルーシーは泣きそうだったが、こんなことで泣くのは恥ずかしいと思い、新聞を見えないところに押しやり、座って、避けることのできない将来に無理に心を向けた。一つのことだけは確かだ。自分はアランに会うことはできない。ルーシーの心の中では彼は長い間アランであり、堅苦しいハートリー氏として考えるには、思い出す努力がかなり必要だった。友人として落ち着いた気持でハートリー夫妻に会えると思えるまで、ルーシーは彼に会ってはならない。ああ！なぜ――なぜ――なぜルーシーはずっと彼のことを誤解し、そして彼はルーシーのことを理解しなかったのか。アランに会わないようにするためには、タイク夫人の招待を断る必要があった。この招待はこのところ何週間も楽しみに待っていたものであり、公平なミス・チャールモントの判断では、ジェインではなくルーシーが受ける番であった。その上、その招待はそろそろ届く時期だった。ジェインは自分の番でなくとも訪問する気になるだろうが、キャサリンはその根拠を求めるだろう。どんなことをルーシーは理由にしたらいいだろうか。一つのことだけは彼女は断固として決めていた。理由がもっともだと思われようと思われまいと、自分はどうしても行かないのだ。その時ルーシーは彼と一緒に引いたクラッカーを、ずっとバッグの中にしまってあるのを思い出した。またこの間タイク夫人のところからブロンプトン・オン・シーに戻る前、彼が姉と自分のために置いていった名刺のことも思い出した。というより、これは主に自分にくれたのだと、たわいなく考えたものだ。これらの大事な物はもはや宝物ではなくなった。だいなしになった宝物。ルーシーは、ゆっくりと溜息をつくこともしないで、それらを暖炉の火格子の間から押しこみ、燃えてしまうのを見つめていた。

第四章

「ルーシー、ジェイン」数日後ミス・チャールモントは妹達に声をかけ、開封した一通の手紙を見せた。――「タイク夫人から親切なご招待よ。私と、あなた達のうちの一人がお宅で一ヶ月過ごすように、そして日取りを決めてくださいとおっしゃってるの。あなたの番ね、ルーシー。よければ、次の木曜日にロンドンに向かうとお返事するわ。ジェイン、私達のいない間、あなたと一緒にいてくださるようにミス・ドラムに頼むわね。ミス・ドラムにも気分転換でいいでしょう。あなたのお世話をするには誰よりもぴったりよ。だから私達が戻るまで退屈しないでね」

だが、ジェインはふくれて、機嫌の悪い調子で言った。「ほんとに、お姉さまったら、まるで私を赤ん坊扱いして何もかも私のために取り決めてくださらなくてもいいのよ。ミス・ドラムなんて、結構よ。とても古くさくて堅苦しいんですもの。タイク夫人に、私をここに一人だけ残せないって言えないの？　あの大邸宅では何の違いもないでしょうに」

今度ばかりはキャサリンはお気に入りの妹に厳しく答えた。「ジェイン、どうして私達三人が一緒に家を離れることができないのかわかるわね。今年はあなたが家に残ってと頼まれる最後の年です。ルーシーの今度の誕生日が来れば、私とルーシーは交替であなたの付き添い役をするという約束でしょう。あなたのわがままで、最後になるかもしれないのに私達二人して出かける遠出を不愉快なものにしないでちょうだい」

それでもジェインは黙っていなかった。「とにかくミス・ドラムは必要ないわ。私はここに一人で残ります。それともミス・ドラムよりもっと楽しい人に来てもらいます」

キャサリンが返事をする前に、ルーシーはやっとの思いで口論に割り込んだ。「ジェイン、お姉さまに対して、そんな口のきき方はしないで。お姉さまにそんな口をきくなんて恥ずかしい。それでも、キャサリン」と彼女は、相手がもごもごと言いかえすのを気に留めず、言い続けた。「肝心な点では、ジェインの意見に賛成なの。ジェインをノッティング・ヒル[5]に連れて行って、私をここに残してちょうだい。あの優しいミス・ドラムと一緒に家の切り盛りをさせて。ジェインが言う前から私はそうしたかったの。だからお願い、この話はこれで終わりにしましょう」

だがルーシーの顔色が悪く、物憂い様子を見たキャサリンは、決然とした調子で言った。「だめよ、ルーシー。それは違うわ。ジェインは不平を言うべきじゃなかったの。あなたは最近、顔色が悪く食欲もないわ。誰よりも気分転換が必要よ。タイク夫人に返事を書いて、次の木曜日にあなたを連れていくとタイク夫妻に約束するわ。ジェインはいい子になって、聞きわけるわ。あらまあ、あなたも、いいでしょ、私の言うとおりにしてくれるわよね」

初めて「あらまあ!」という言葉が議論を終わらせなかった。「キャサリン」とルーシーは熱を込めて言った。その間に、どうしようもなく涙が目に溜まった。「訪問する気分になれないと言ってるのに、どうしてもこれ以上、私に強要はできないわ。最近、気持が弱っているの」と彼女は急いでつけ加えた。「ひと月ほど家で静かにしているほうが、あの始終大騒ぎしているような生活よりどんなにいいか言葉で言えないぐらいよ。私のためにジェインにぜひ行ってもらいたいの」

その時は、キャサリンはこれ以上何も言わなかった。だが後からルーシーと二人だけになった時この問題を持ち出して、まだ同じ気持かと尋ね、動揺した様子で「そうよ」と言うルーシーに、それ以上ひと言の反対もせずにただ優しくキスをした。二人の間にあったのはこれだけで、その時も後になっても、ルーシーはキャサリンが自分の秘密に感づいたかどうか、はっきりわからなかった。

ミス・ドラムは一人残ったルーシーと一緒に過ごすよう招かれ、喜んで招待を受け入れた。ルーシーはミス・ドラムのお気に入りであり、一緒にいる時は互いにやさしくいたわりあった。

自分の思いを通して機嫌を直したジェインは、すかさず衣装が無いと言いだした。「お姉さま」彼女は一番かわいい甘える口調で言った。「どんなに私がお金に窮していて、着ていく服が無いか、わからないでしょ」

キャサリンは、落ち着いてこの言葉の意味に気づかないふりをしながら答えた。「あなたの衣装戸棚を見てみましょうよ。一緒に整頓できるわ、ルーシーが手伝ってくれるわよね。それに必要なら、ミス・スミスの手も借りるわよ」

「あら、だめよ!」とジェインは叫んだ。「無いものを調べるなんてできないわ。古着を仕立て直してというなら、私はここに残ります。ねえ、お姉さまもルーシーも大金持ちなんだから、それぞれ五ポンド私にくださってもどうってことないでしょう。大した贈り物にもならないわ。もしお気の毒なお父さまが私のことを知っていたら、私をこんな貧乏にはしておかなかったはずよ」

この理由は前にも何度か持ち出された。キャサリンは傷ついたように見えた。ルーシーが言った。「あなたにだって私達と同じ衣服代とお小遣いがあるのを忘れないで。私達は二人ともそれでやっているのに」

「勿論」とジェインは悪意を潜ませながら言い返した。「私もお姉さま達と同じように年取って賢くなれば、同じようにやっていけるかもしれない。でも今は違うわ。その上、私はお金をほとんど衣服に使っているけれど、お姉さま達は本や音楽にお金を使っていらっしゃるわね。それに衣服のほうがずっと楽しいものよ。もし私が年寄りじみた変人みたいな恰好でいたら、誰が私を見てくれるっていうの。私まで結婚できなくなるのはいやでしょ」

ルーシーは顔を赤らめ、黙って気持を抑えようとした。痛いところを突かれた思いがした。キャサリンはこういう場合に最初は抗議して後から折れるということに慣れていた。ルーシーの目が最初から最後まで成り行きを見ているので半ば恥ずかしく思い、ジェインを部屋の外に連れ出すと、もうほとんど何も言わず、十ポンドの小切手を切ると、衣装戸棚を調べる話はやめにした。

姉妹がロンドンに向けて発った一時間後に、ミス・ドラムがいれかわりにやって来た。

ミス・ドラムは背が高く、ややほっそりとした、年の割に衰えを見せない人であった。顔色は青白く、目も髪も薄い色で、声の調子は抑揚がなかった。主に否定語で彼女を表現することができた。彼女は淑女らしくないことはなく、頭がいいわけではなく、教育が不十分というわけではなかった。年を取っていたが、身体が弱いわけではなく、服装も時代遅れではなく、かといって若々しくもなかったが、やはり古風になる傾向があった。最も目立つ特徴は礼儀正しさであったが、目立ち過ぎて完璧にはならなかった。彼女は全く楽しい人物ではなかった。事実、かなり退屈な人で、たえず感じよくしようと努めていた。キャサリンは彼女から、やや古めかしい作法を学びとった。また彼女から高い節操と自己を抑えるという能力を学んだ。そして無私であること、それ自体が否定語であるが、それがミス・ドラムの特徴となる美徳であり、表現がどんなに単調でも彼女の同情の質は確かなものであった。だからこそ、はっきりと口に出せない心の痛みを持つルーシーはミス・ドラムと一緒にいても耐えられるのであり、心から愛情をこめて出迎えようと戸口まで走っていくことができた。

第五章

往来のめまぐるしいロンドンブリッジ駅は、ロンドンそのものを象徴するといってよさそうである。広々として、ごったがえして、にぎやかで、秩序があり、多少汚れている。どこかで巨大な富を暗示し、金持ちには贅沢を、貧乏人には必需品を提供する。金持ちも貧しい者も、怠け者も勤勉な者も、若者も老人も、男も女も群がっている。

ロンドンブリッジ駅が一番きれいな時でさえ、何千もの行きかう足で汚れている。しとしと雨の降る日にはどの足も通るところに泥を残し、泥をつけて去り、また泥をつけて来ては、泥の中に足跡を残していく。このような日に、海岸沿いや内陸部の田園の常に清潔なところから来たばかりの者には、この駅は魅力的ではない。そしてこのような日は、午後遅くなるまでには、小雨のせいでプラットホームがどれも一番ひどい状態になるのだが、このような日にミス・チャールモントと可愛い妹は、海水と心地良い田園からやってきて、新鮮であるが潔癖な気分で、駅に降り立った。

ドクター・タイクの馬車が汽車を出迎えに待っていた。ドクター・タイクの御者も従僕も馬も皆太っており、太った主人に似つかわしかった。主人の境遇も気質もまた円満と言えた。安楽と、気立ての良さと太っていることは明らかに類似していた。

「幌は上げますか、下げておきますか?」雨はやんでいたので、いつもロンドンは息苦しいと言っていたミス・チャールモントは「上げてちょうだい」と答えた。妹のジェインは優雅にゆったりと背をもたせかけて座った。それは自然に備わったしぐさであり、また後から技を磨いて完璧になったしぐさだった。彼女はひそかに姉のキャサリンのことを恥ずかしく思った。キャサリンはいつものように背筋を伸ばして座り、背もたれの高い、座席の狭い学校時代の椅子に座っているのと同様に、幌をあげた馬車に乗っていても、もたれて座ることはなかった。

シティーはくすんで、ぎらぎらしていた。くすんでいたのは煤煙のせいであり、ぎらぎらするのはあちこちで早くから点灯されたガス灯のせいだった。ウォータールー・ブリッジを渡ると、あたりは、やや明るくなり、オクスフォード・ストリートはまずまずであった。エジウェアー・ロードはまた汚れてくすんでいた。だがやっとノッティング・ヒルに着いて、きれいな郊外の三日月型街路や大きな通りや、庭を走り、霧雨ではなく最後にさっと降った気持ちのよい雨の後には日の光が射してきて、その午後は虹が出て終わりとなった。

ドクター・タイクの住宅はアップル・トゥリーズ・ハウスと呼ばれていたが、その名の由来となった果樹園は消えており、最も古くから住んでいる者の記憶にもなかった。馬車が止まり、扉がさっと開かれた。小柄で、ほっそりとした女性が両手をさしのばし、歓迎の言葉を口にしながら階段を飛ぶようにおりてきた。五十代の最後を越えていたが、とび色の髪をして、快活で、子供がいなかったが、そのことがこの年になってもまだ残念な失望と感じられた。色白で、高い声の小柄な女性――これだけが往年の、あの美しかった従姉ルーシーとウィリアム・チャールモントの二人についてのなごりだった。

背後から、もっとゆったりとした様子で夫が降りてきた。足取りは軽やかで、丸々と太った体格であり、目は輝き、頬の赤い白髪の人で、雪の中に見つかる赤胸のコマドリに似ていなくもなかった。タイク夫人は、長ながと全く害の無いありきたりのことをしゃべり続ける癖があった。だがそのおしゃべりにもかかわらず、決して悪意ある言葉やわざとらしいことを口にしなかった。ドクター・タイクはふざけたり、機知に富んでいるとは言えない洒落をむやみに好み、冗談を飛ばし、当意即妙の会話、そうしていわゆる逸話を語る習癖があった。この逸話というのは必ずしも疑う余地なく信頼できるものとはかぎらなかった。

もてなしてくれる人達はこんなふうだった。家は明るく、大きくて、化学を道楽とするドクターのために研究室、ペットを溺愛する妻のために鳥小屋があった。居間の壁には家族の肖像画ではなく、本物か、まがい物の版画がかけられていた。もっともそれにまつわる架空の逸話や引用句が、作り話だという烙印を押されない限り、実際、みっともないものは室内には入れなかった。こういったものについて、まがい物だと非難されると、ドクターはお気に入りのイタリア語の言いまわし、'Se nonèveroèben tovato.'[6]（「本物じゃなくても、よく出来ている」）と返答したものだ。

＊＊＊

「ジェイン」とタイク夫人は言った。三人の婦人達は遅い朝食の席についており、ドクターはもう新聞を持って研究室に引っ込んでいた。「ジェイン、あなた、攻略したわね」ジェインは黙ってうつむいたが、わかっているという笑い顔であった。キャサリンはやや心配そうに言った。「本当に、ルーシー。あなたのおっしゃることには私も気がついて、ジェインにダラムさんをけしかけないようにと言ってるの。あの方は本当にジェインが好きになるような方ではありません。ジェインは誤解されないように、よほど注意しなくてはいけないわ。ジェイン、ほんとうよ」

しかしジェインは陽気に口をはさんだ。「ダラムさんはお齢を召しているし、それに、えっと！　ご立派だから、ご自分のことはご自分でなさいますわ、お姉さま。それに、その上」――やや彼の尊大な様子を真似る調子で続けた。「オーピンガム・プレイスは、お嬢さん、オーピンガム・プレイスは実にとてもいい所ですよ。うちのパイナプルはどうしてもなくてはならない。うちの自慢の豚は目が見えないほど丸々している。本当ですよ、お嬢さん。可愛いお嬢さんにするには結構な話ではないかもしれませんがね。――いいわ、パインと豚肉がそんなに魅惑的なら、どうして私が豚肉やパインと結婚しないわけがあるでしょう？」

「もちろんよ」とタイク夫人は笑って叫んだ。だがミス・チャールモントは混乱して、もう一度言った。「たしかに、もちろんよ。もしあなたがダラムさんを好きならね。でもダラムさんを好きなの？　いずれにしても、あなたはあの方のことを笑ってはいけないわ」

ジェインは口を尖らせて言った。「本当にみんな私をまだ子供だと思っているんだから。ダラムさんのことは、あの方が自分の気持ちを確かめてお話しなさるなら、私も自分の気持ちを確かめてお返事します。オーピンガム・プレイスは、お姉さま、州の中では一番いい場所よ。三つの州の中でも一番いいところだわ。友達の公爵が何とおっしゃろうともね。ご近所は素敵な方達よ。ね、お姉さま。公爵夫人は、とびきり愛想のいい方よ、そして侯爵夫人は素敵な方、ほんとに立派な方なの。でも私のパインのようなこんな立派なものを栽培することはおできにならないわ。そうでしょう。方法もご存じないんだから。ねえ、お姉さま、機嫌の悪い顔をしないで。私がダラム夫人になったら、豚肉とパインはお姉さまも召し上がっていただくわ」

第六章

エヴェリルダ・ステラ、哀れな何も知らないルーシーの恋敵は、学校を出てすぐに結婚した。可愛らしくはなかったが、顔の表情や物腰にはきびきびした様子があり、素人芝居の才があった。このような長所が恐らく推定相続人という評判に彩られて求婚者を引きつけ、また二十歳年上の相手でも彼女は何の異存もなかった。ハートリー氏は、イースター休暇の短い間に求婚して、彼女を射とめた。そしてその華やかなロンドンの社交シーズンを楽しむために喜んで彼女を連れてやってきた。花婿がやや煩わしかったのは、ダラム氏が新婚の夫婦についてきて、ケンジントンのきれいな家に一緒に滞在していたことである。

アラン・ハートリーは、ドクター・タイクのお気に入りの甥で、昔は彼の家によく出入りしていた。今や十六歳の可愛い妻を叔父と叔母に紹介するのを誇らしく思ったが、同時に義父を紹介しなくてはならないことにやや屈辱を感じた。義父の尊大な様子と、爵位のある名士達の話を持ち出して、ひけらかす癖に、彼は赤面させられるのだった。アランはエヴェリルダを省いて、妻のことをただステラと呼んだ。父親は彼女をパグと呼んでいた。エヴェリルダは、貴族階級にこだわる母の好みでそのように名づけられていた。この婦人は、自分のことをイングランド北部の家柄で、リージズ一族のリー家であるといつも言っていた。それはニューカースル・オン・タインを知らない人には古い荘園の響きがあった。だが、これは話のついでに述べたまでのことで、我々の話が始まる前にダラム夫人は亡くなっている。

最初に訪問した際に、笑顔の女中に応接間に通され、タイク夫妻はすぐに戻るので待つようにと言われた。洒落た羽飾りのついた帽子、さっそうとした上着を身につけたステラは意気揚々としていた。アランは、ダラム氏の振る舞いさえ無ければ、花婿らしい陽気な気分にひたれるのにと思っていたことだろう。その紳士はまず自分の帽子を床の両足の間に置くと、深紅のシルクのポケットチーフでブーツをサッサッと払っていた。これが終わると部屋を見渡し始め、適切な批評を続けざまに言い始めた。「ふむ、絵は無い――安物の版画。四ポンド六ペンスのブリュッセル絨毯だ。この小さめの鏡はまたメッキし直さないと。パグや、あれはきちんとした椅子カバーだ(7)。こんな縫い方はできないかどうか、自分の目で見てごらん。ピアノが一台、ハープが一台、バイオリンの弓だ！」

タイク夫妻が入ってきた時、ハートリー夫妻は居心地悪そうに、そしてダラム氏は赤ら顔で、いつものように尊大な風をしていた。また、ドアを開けた時、「バイオリンの弓だ！」という声が聞こえた。このような兆候すべてを夫妻は親切に如才なく無視した。その部屋の誰もがなんのやましいところが無いとでもいうように、花嫁はキスを受け、義父は見過ごされ、アランは歓迎された。

「さあ、食事にどうぞ。たっぷりどうぞ」腕をステラに貸しながらタイク氏は言った。「マザー・バンチ(8)は韻を踏み、理屈などではありません。あなたはモグモグ、私はパクパク――同じこと。ああ！　あなたの驚いていらっしゃるご様子も、もっともなこと。古代のブリトン人が、外国から来た使者に尻尾が無いと知ったところを、その使者が見てとった時みたいにね。私は手回しオルガンほど悪くありませんから」

　しかし、いくらドクター・タイクが面白可笑しくしようとしても、――今回これはかなり努力しなくてはならなかったが――、そして、いくら彼の妻がよどみなくありふれたことを言っても、客のうちの二人は居心地悪そうだった。アランは義父の与える印象に全神経をとがらせるかのように、一方ステラは、自分自身はそれほど敏感に感じてはいなかったが、夫を思うとうろたえた。ダラム氏は実に、相変わらず尊大で恥ずかしげも無い様子だった。しかし彼はありきたりの言葉に同じくありきたりの言葉で応じている間にも、さかんに皿や陶磁器を吟味し、値踏みしているように見えたが、事実そうしていた。

「気持ちのいいお天気ですわね」とタイク夫人が気のきいた、特別なことを思いついたような調子で言った。

「その通りです。本当にいいお天気です。甘く浮き浮きするお天気です。ハハ！」――テーブル越しに一瞥しながらダラム氏は言った。「こんなお天気のいい日にはお宅のお嬢さま達も楽しく過ごされるのでしょうね」

「うちには子供がおりませんの」とタイク夫人は夫に聞こえないように小声で言った。それから一瞬、間を置いて、「オーピンガム・プレイスはあなたが、お出かけになった頃はちょうど美しくなり始めていたでしょうね」

ダラム氏は両手の親指をチョッキにかけて、そっくりかえって話をしていた。「それにはまったく何と言っていいかわかりません。オーピンガム・プレイスが美しくないなんて、そんな季節などありませんからね。温室庭園は去年の冬は土地の名所でした。まったく友人の公爵も言っていたように、土地の名物でした。公爵夫人を連れてきてこれを見せなくてはとおっしゃって、それから本当に奥さまをお連れになったんですよ。私は一番大きな温室庭園で今までお二人が経験したこともないような午餐会をしましたよ。貴族というものは、どうでしょう、血統ばかりがあって、文士の物乞いは、ありったけの脳味噌を勝手に使うがいいのです」ドクターは口元に笑いを浮かべ、アランは目に見えてひるんだ様子だった。――「私達のような実業家こそ気骨があるんです。気骨こそ身につけるべきものです、あの日私が公爵に言ったようにね。彼のワイン貯蔵室にないような、ポート・ワインのグラスをかたむけながら、私は今あなたに言ってるように公爵に言ったんです、奥さん、そして彼は反対しませんでした。実際、反対できなかったんです」

この後、新たに会話を始めることは難しかったかもしれない。そこに幸いなことにジェインが昼食に遅れて入ってきて、どこかでまだ手間取っている姉のことを詫びた。彼女は必要な紹介を経て、ドクター・タイクとダラム氏の間に座り、そんなふうだったので花嫁を十分に眺めることができ、彼女はなにも特別な人ではないと、心の中で品定めをした。

アランは以前ジェインに会ったことはなかった。彼はミス・チャールモントとルーシーの様子を、――特にルーシーのことを尋ねた。ステラには、ルーシーはとても魅力的な昔の友人であると、アランは説明した。数分の間、ダラム氏は黙って座ったままで、ジェインの美しさと優雅さに心を奪われたようだった。これで他のものは、ほっとして気を取り直した。ドクター・タイクが続けざまに三つ冗談を言い、ダラム氏を除く皆が笑った時、はじめてオーピンガム・プレイスの当主は隣の魅力的な人に向かって言うのにふさわしい言葉を思いついた。そして、いかにも特別なことを思いついたように言った。「気持ちのいいお天気ですね、ミス・ジェイン」

そしてジェインは微笑みながら答えた。なぜなら、この人こそオーピンガム・プレイスの男やもめではないか。

後に続くダラム氏の話が話題をどんどんさらって進んだのは、前章でのジェインの言葉からはっきりわかる。そしてダラム氏がジェインの魅力に心を奪われ続けていたこともかなり明らかである。彼はその後アップル・トゥリーズ・ハウスをしばしば訪れたばかりでなく、自分でもパーティーを開き、そこにタイク夫妻とチャールモントの二人の娘達をいつも招待することになった。

第七章

ロンドンの陽気さ、海辺の悲しみ。

ルーシーは以前と同様に元気よくミス・ドラムをもてなそうと全力を尽くした。今ほど、この年老いた婦人の好みに配慮を示したことはなかった。ルーシーは朝食を普段より三十分早めた。新聞からミス・ドラムが興味を持ちそうな記事を切り抜いた。晴れた日には腕を貸して、遊歩道を歩いた。編み物をする時、編み目がどうしようもなく、ずれてわからなくなってしまうのを直した。お茶の時間の前にはミス・ドラムのお気に入りの昔の歌を一時間ほど歌った。お茶の後、寝る時間まで飽かずにバックギャモンをして遊んだ。けれどもミス・ドラムは変化に気づいた。いくらルーシーが努力しても、バラ色でふっくらした頬とはならず、自然に笑うこともなかった。足取りが軽やかにならず、目が輝くこともなかった。

三十歳近い女性が何も言われていないのに愛されていると勘違いし、失望してひどく苦しむ姿は笑いものにしてしまいがちである。だが、ルーシー・チャールモントは情けない人間ではなかった。どんなに一時は思い違いをしていても、自分の見当違いの期待を少しでもハートリー氏に気づかせなかった。今やどんなに失望していても苦しい気持ちをうっかり漏らすまいと敢然と戦っていた。自分の部屋で一人になると、明らかにひどく苦しんでいたのだろうが、人の目があると負けなかった。時々、もう次の瞬間には神経の緊張が耐えきれなくなりそうだったが、そのような次の瞬間は決して訪れず、ずっと持ちこたえていた。だが、来る日も来る日も緊張が極限まで達するほど耐えながら、それを表に出さないほど強い人がいるだろうか？

「ねえ」とミス・ドラムはある夕方、バックギャモンの盤の向こうから眼鏡越しにルーシーを見ながら言った。その時のルーシーの目はいつもより落ちくぼみ、顔全体はやつれていた。「あなた、きっと運動を十分にしていないわね。遊歩道を私に腕を貸して歩くだけじゃなくて、もっと体を動かさないといけないわ。血色がよくないし、すっかりやせてしまったわ。お天気が悪くない時にいつでも、一日に少なくとも一回は長めの散歩をすると約束してちょうだい」

ルーシーは年老いた友達の手をやさしくさすった。「またお姉さま達が帰ってきたら散歩するわ。でも、あなたはいつもここにいてくださるわけではないのですから」

ミス・ドラムは言い張った。「そんなこと言わないで。さもないと私はまた家に帰らなければならないと思うわ。わかっているように、そんなことしたくないのよ。お願い、私のために約束して」

このように説得されて、ルーシーは約束し、それからは一日のうち少なくとも一、二時間は一人でいられることをひそかに喜び、かすんだ、愛情に満ちた目で詮索されることがないのでほっとした。そして、本当に少しでも心をほっとさせることが必要だった。昼間は心の中でさえ自分の考えがはっきりした言葉にならぬようにできたが、しかし、いくら努力しても、ぼんやりとした鈍い悲しみを追いやることができず、その悲しみだけが今は思い出として残っているもののすべてかもしれない。だが夜になると、眠りが自己抑制を麻痺させ、夢の中に過去のゆがんだ亡霊が現われた。これはありがたいことに決して惹きつけられるような、慕わしいものではなかった。だが時には怪物のようでいつも逃げられないものだった。毎晩、彼女はそのような夢から、もがき、すすり泣きながら目覚め、だんだん意識的に日々の戦いを始める気力は減っていった。

やがて彼女はどんなお天気の日もこの散歩の時間は家の中にいることはなく、ミス・ドラムは保守的な我慢強い人だったので、出かけるようにルーシーを励ました。彼女はいつも海へ行った。歩きやすい舗装された遊歩道ではなく整備できない大きな砂利の浜辺を歩いた。自由になれる最後の瞬間まで、あちこちさまよっていた。行ったり来たり、ものうげであったが同時に休むことなくさまよい歩いた。大きく見開いて放心したような目は、単調に寄せては返す波に向けられていたが、波を見てはいなかった。次第に病的な幻想に襲われるようになった。いつかある日、父の遺体が浜に打ち上げられるのを見つめ、その顔が見分けられるという幻想だった。やがてこの白昼夢が夜の夢の中に、口には言えないほどの厭な姿となって現われ始めた。それからはもう砂利の上を歩かず、緑の小道や田舎道を歩くようになった。

しかし弱さと根気強く戦って克服しない者はいない。またこれがどんなに平凡に聞こえようと、大気と運動は健康な体質の者には効き目が必ずあるものだ。失せていたルーシーの血色もいくらか少しずつ戻ってきて、やがて安定して回復してきた。どんなにか本人は不本意だったかもしれないが、食欲も戻った。とうとう疲労が深い睡眠をもたらした。落ちくぼんでいた目も直ってきた。彼女の場合、この気持ちよい睡眠が変わり目となった。睡眠で日中の体力が戻り、今度は日々過ごすうちに体力の消耗が徐々に減っていった。ミス・ドラムが約束を強いてから七週間後に、ルーシーは、アラン・ハートリーが結婚してしまう前よりは、見た目には沈んでいて心の中は悲しみが増していたが、健康な外観や日常生活の細かなことへの関心をある程度取り戻していた。姉妹の長引いていた不在がとうとう終わって、二人と顔を会わせることも、もうそれほど恐ろしくはなかった。予想すれば多少の不安はあるものの、ハートリー夫妻を見かけても、うわべは礼儀正しく落ち着いてふるまえる自信を感じた。

ミス・ドラムは自分の処方がうまくいったことを喜び、自分自身の経験した同じような事例を話し始めた。「そうなのよ」ミス・ドラムは言った。「ねえ、もうひと切れマトンをお取りなさいな。焼き過ぎてないところをね。運動ほど食欲の出るものはないわ。ただマトンの焼き過ぎはだめよ。セアラ・スミスを覚えてないわね。あなたのお母さまが私にあなたを預ける前に私のところにいた子よ。私が処方する前に、三人のお医者さまが彼女のことを慢性の病人だと言って私に預けたの」この老婦人は自分の機知に優しく笑った。「私は毎日どんなお天気の日でもセアラに散歩させたわ。それから美味しい肉汁たっぷりのマトンを食べさせたの。時々、牛肉や鶏肉にして変化をつけてね。それからすぐに、セアラを見ても分からないぐらい前とは変わったのよ。それから、ドクター・グレイはあの方らしくおかしな言い方で、私のことを医学博士にちがいないとおっしゃったわ」またこう言うのだった。「ルーシー、あなた、私のフランス語の助手、マドモアゼル・ルクレールを覚えてるでしょ。あなたが知っている頃はとても素敵でしっかりした若い女性だったでしょう。最初に私のところに来た時は青白くてやせ細っていて、足が濡れたり、窓が開いているのをいやがったの。これも、あれも、それも厭で、いつも疲れていて、甘いもの以外は食欲がなかったの。マトンと運動で、あなたの知っているような人になったのよ。フランスに戻って昔の崇拝者と結婚する前に、マドモアゼルは目に涙を浮かべて私がマトンを愛するようにさせたことを感謝していたわ。マトンを《好き》というべきなのに《愛する》と言ったのよ。でも私は誇らしい気分になって、嬉しくてその時は英語を直さなかったわ。私は、ただこう答えたの。《ああ、マドモアゼル、いつもあなたの夫を愛し、マトンを愛しなさい》ってね」

ルーシーは優しく低い声の持ち主だったが、今はその声に自分自身の秘められた悲しみが哀愁のようなものを加えていた。夕闇が降りると、ルーシーは《アリス・グレイ》や《彼女はバラの花輪を身につけていた》や、他の古い愛唱歌を歌い、やさしいミス・ドラムは座って聴きいっていたが、そのうち涙が眼鏡の奥に溜まってきた。涙は歌い手のほうにも浮かんでいただろうか。ルーシーは今では以前よりもっとやさしくなり、自分が希望にあふれた幸せな若い頃に拒絶した求婚者達のことを、特にトレシャム氏のことを思い出していた。彼は威厳を保ち、残念な思いを持ちながらも、ルーシーの幸せを願い、そのもとを去った。ルーシーは、いつもトレシャム氏にとても好感を持っていたが、今ではその気持ちがよくわかった。

第八章

六月二十八日、第一便で、四通の手紙がルーシーのもとに届いた。

I

親愛なるルーシー、

私達の休暇を伸ばしてもいいかどうかもう一度お願いしても思慮が無いと思わないでくださいね。タイク夫人がぜひ七月いっぱい滞在するようにとおっしゃるし、ドクター・タイクも同じようにおっしゃるのです。もうすっかりお世話になってしまったと申し上げても、ドクターはホーン(9)を引用してこうおっしゃるのです。（本当にその引用かどうかわかりませんが）——

七月に
お別れせずに
八月になれば
お別れせねば

それで、家であなたがふさぎこんでいて気分転換が必要かもしれないと申し上げたのですが、勿論ドクターは答えを用意していてこうおっしゃるのです。「もし二人が帰ってしまったら、私の気分がとても悪くなるでしょうとルーシーに伝えてください。学識ある兄がシャンペンの代わりにコーヒーを代用した時に、ホメオパシー療法医が言っていたようにね」従姉のルーシーが始終もっと長くいてちょうだいと言うし、ジェインは熱心な顔で私のほうを見ています。つまり、ルーシー、「いいえ」と言わねばならないなら、あなたがそう言ってください。私はほとんどその気にさせられています。

そして、ジェインのことは多少わがままに見えるかもしれないけれど、大目に見ないといけません。あなたには打ち明けるけれど、ダラムさんが結婚の申し込みをしてくると私達はみな予想しているのですが、ジェインは受けいれるつもりでいると思います。最初のうち、ジェインが彼をけしかけているようで私は不愉快でした。ダラムさんの求婚者としてのふるまいを真面目に受け取るなど私には考えられませんでした。でもジェインが自分の気持ちを分かっていて、ふざけているのではないと納得しました。どうしてあんな洗練されていない派手な人と結婚しようと思ったのか私にはわかりませんが、ジェインを止める力はありません。私がダラムさんに反対するようなことを言おうものなら、ジェインはとても率直な言葉で、ダラムさんと贅沢するほうが、彼と一緒にならず、人に頼って生きるよりもいいと言うの。ああ、ルーシー、ルーシー！　私達そんなにジェインが自分の立場のことで恨めしく思うようなことをしてきたかしらね。たとえジェインが私の子供だとしても、これほど愛して、あるいはこれほど気づかいながら世話をすることは考えられないくらいです。でもジェインはちっともわかってくれないし、私のことを正当に評価してくれないわ。私は自分のことだけを言っているので、あなたのことも言ってるわけではありません。私は決して結婚しないし、私の持っているものはすべてジェインのためのものですが、あなたに関しては、当然私とは違っています。

でもあなたがジェインのわがままな振る舞いに、いやな思いをすることはありません。もし私達がいなくて退屈しているなら、本当にタイク夫人にジェインを託して帰り――今のところジェインは一緒に帰るのを断固として拒否しているのですから――私は日常の務めに戻らなくてはなりません。もうこんなふうに遊んでばかりいるのに飽き飽きしています――本当よ。ただ、ダラムさんがもっと違う人だったら、もっと嬉しいのだけど。おわかりでしょ。

他にお知らせするほどのニュースはありません。ジェインはオペラに三回、劇に一度行きました。ダラムさんが特等席を取ってくださって、タイク夫妻ときたら観劇は何度でも行きたい方達ですからね。この間オペラにいらした時、夕食にトレシャムさんをお連れして帰ってきました。ここで何度か彼に会ったことがあるのを覚えているでしょう。最近東洋からイギリスにお帰りになったの。なにか誤解していらして私ではなくて、あなたに会うと思っていらしたみたいで、ちょっとあわてていらしたわ。それからあなたのことを聞いて、手紙を書く時によろしく言ってくださいとおっしゃっていました。うちのことをとても聞きたがっているご様子で、あなたが最近は元気が無いようだと言うと心配してらしたわ。またお会いする時もあるかもしれないから、今度手紙を書く時は彼にもよろしくと書き添えてくださいね。

ハートリーさんはいつも感じがいいけど、今は奥さまも好きよ。人を引きつける可愛い人で、私達皆にステラと呼ばせるの。あなたも知り合いになったら、きっと気に入るわ。父親が彼女に似ていたらどんなにいいか！　ステラは小鳥みたいに無邪気で陽気で、ダラムさんがジェインに心魅かれているのをまったく冷静に見ているの。ハートリーさんも、自分の妻の巨額な財産の大半は危うくないとでもいうように、愉快そうな様子です。でも人が本気になれば、誰もそれと分かるものだわ。ステラは達者な女優と思われていて、なにか素人芝居のような催しがもうすぐ行われます。《なにか……のようなもの》と言ったのは、ジェインは私達の間ではまちがいなく美人なので、タブロー[10]をやりたいと言っているの。どちらの意見が通るかわかりません。

ミス・ドラムに私からよろしくお伝えください。長いこと留守にしているのをわがままだと思わないでくださいね。本当のところ、かわいい二人の妹に二つの反対方向に引っ張られています。そのうちの一人はもうひとりと同じくらい分別があって趣味もよければいいのですが。

あなたの愛する姉、

――キャサリン・チャールモント

＊＊＊

Ⅱ

親愛なるルーシー、

キャサリンが手紙を書いて、私がオールドミスにうってつけとでもいうように、何もかも大げさに言っているのを知っています。

確かに私ぐらいの年齢になれば、自分の気持ちはわかります。ダラムさんが好きかどうか聞かれる前に言うつもりはないけれど、私がお金と安楽が好きだということはみんなよくわかっているでしょう。キャサリンやあなたにとっては別でしょうけど。お姉さま達はありあまるほどお持ちで些細なことにこだわって好き嫌いを言えるけれど、私は違います。気の毒なお父さまが何も知らなかったせいで、自分のお金は一文もないのよ。ねえ、お願いだから、お姉さまにもう一月ここに滞在してもかまわないと言ってくださいな。本当のことを言うと、自分一人でここに残ったら、この頃では一、二ポンドだって足りなくてどうしていいかわからないの。服はとても高くて、みすぼらしい身なりを見られるなら二度とお出かけしたくないわ。もしタブローをするなら、いろいろなものが必要になるでしょう。シャレード(11)を演じる人は機知に富んでいなくてはと言われているけれど、あんな馬鹿げたものは賛成できないわ。なにか腕の美しさが役に立つものがいいわ、勿論ステラはポンプの柄のような腕しかないから、芝居のほうがいいなんて言ってるのよ。

ハートリー夫妻が今日いらっしゃることになっています。勿論ダラムさんもご一緒で、私達を昼食後にクリスタル・パレス(12)に連れて行ってくださるの。盛大なコンサートとフラワー・ショーがあるのですが、衣装以外はきっと退屈でしょうね。多分うっとりするものが見られるでしょう。この間、「植物園」に行った時に、白いシルクをベルギー・レースで被った服を見つけたようにね。でもキャサリンに私が飛んでいくための翼が欲しいと言わなきゃ。

さよなら、愛するルーシー。今度ばかりは機嫌悪くしないでくださいね。私が自分の家を持ったら、十分お返ししますから。

あなたの愛する妹、

——ジェイン

追伸：ダラムさんの写真を同封します。何度も何度も欲しいと言わせようと取り出すので、とうとう、かわいそうな彼を喜ばせるためにこれをくださいと言ってあげたの。この表情たっぷりの顔つきに、オーピンガム・プレイスのすべてが見えませんか？

＊＊＊

Ⅲ

私の親愛なるルーシー、

あなたがここに来てくださらなくてがっかりしているのですから、そのかわりに一つ親切なことをしてくださいな。もう一月、キャサリンとジェインが私達と一緒にいてくださるようにとキャサリンにおっしゃって。ドクター・タイクも同様に願っているし、ダラムさんときたら恐らく私達以上にそう願っているでしょう。お察しのとおりです。

あなたの愛する従姉、

――ルーシー・C・タイク

追伸：ドクターは、自分で直接お手紙を書くつもりですから、「よろしく」とは言わないそうです。

＊＊＊

Ⅳ

親愛なるルーシー、

もしカタツムリに賛成なら、あなたの家はこもるのにふさわしい大きさでしょう。動物のたとえが人間のたとえよりも効力がないというなら、こんどはレルマ大王(13)が断言していることを思い出していただきましょう。「私は二人の愚か者に会ったが、一人の賢人は人づき合いを避けていた」あなたはすてきな若いご婦人なのですから、もし孤独に魅かれているなら、それは誰か愛するただ一人の人を求めているせいなんですよ。そういう方とおつき合いをできるよう私が心をくだき、あなたに引き延ばされていた幸せをお与えしたいものです。

これはあなたのご姉妹がここにもう一月滞在すれば、うまくいきます。本当に私達に「ノー」と言っては駄目ですよ。あなたが「イエス」と言ってくだされば、「ノー」と言った時には決して展開しない話が、繰り広げられるのです。ミス・キャサリンは憂鬱そうですが、ジェニーは輝いて、まさにこの六月のバラのようです。オーピンガム・プレイスの主人がいつも元気に「いいお天気ですね、ミス・ジェイン」と声をかける時ほど、輝いてバラのようになる時はありません。オーピンガム・プレイスの夏の収穫を蕾のうちに摘んではいけません。あるいは季節外れの霜にあてて収穫を遅らせてはいけません。私の友人がはっきり「ノー」と言われなければ、はぐらかされるとは考えられませんし、その点では、ミス・ジェインは動揺しながらも、「イエス」と言うでしょう。もしあなたが聞き入れて、あの小さな娘さんに最後まで自分の役を演じきらせて、お砂糖とスパイスと素敵なもの全部でできた女の子[14]になったら、今度はあなたが来年の五月にノッティング・ヒルに来て、若いうちにチャンスをおつかみなさい。

あなたの尊い従姉の夫
（というのはつまり）、
あなたの従姉の尊い夫、
――医学博士　フランシス・タイク

注意：医学博士と付けたのは、職業上の地位を思い出してもらい、私の忠告の重みであなたを威圧するためですよ。

＊＊＊

ルーシーはダラム氏の写真を二重の好奇心を持って、しげしげと眺めた。というのは、彼はハートリー氏の義理の父であり、ジェインの求婚者と見込まれる人だったからである。よく見ると、目鼻立ちは悪くはないが、表情に品の無い顔だった。背格好はまずくはないが、わざとらしい姿勢と極上の服が落ち着かない様子だった。確かにこれはジョージ・ダラムではなく、ジェインが魅力を感じたオーピンガム・プレイスの当主だった。こんなふうに魅きつけられた妹のために、自分自身の希望が根拠の無いものだとわかった時にも感じなかったような、刺されるような屈辱を感じた。

彼女は手紙を書いてきた人それぞれに、文体に賢明な変化をつけて返事を書いた。ジェインにはそっけなく書き、ダラム氏の写真を十ポンド紙幣に包んで返した。このようにすると、妹に今のところ理解されていないことを象徴的に表すのにふさわしいように思えた。キャサリンにはもっと愛情をこめて書き、ジェインの将来にとって大切になるかもしれないこの訪問を決して短くしないようにと頼んだ。封筒の折り返しのところに、トレシャム氏によろしくと付け加えた。

第九章

トレシャム氏は心からルーシーを愛していた。そして求婚を断られるまでは、かなりうまくいきそうだと思っていた。ルーシーは求婚を断る時でさえ、知り合った時からずっと好意を持っていたことを率直に認めた。トレシャム氏はその時初めて、自分に無関心なのは誰か他の人を好きなのではないかと思い始めた。だがトレシャム氏はたいへん立派な人物だったので自分の疑いを漏らしたり、立証しようとしたりしなかった。彼はドクター・タイクの家を訪問し続け、そこでアラン・ハートリーが、なんのやましいこともなく、他の誰にとってもなんの迷惑にもならないと気楽に考えて気ままに過ごしている姿をよく目にしていたが、ルーシーの心の秘密を見抜いたのはすぐのことではなかったし、特に意図したことでもなかった。アランはトレシャム氏の大学時代からの友人だったので、アランのことをよく知っていた。いつでも気立てよく振舞うので、皆から、アランは自分のことを一番大事に考えてくれている人だと思われていた。アランは気前よくお金を使う人だった。その行動に深いはっきりした目的もなく、それがどんな結果を招くかなどあまり関心も無い人だった。そしてルーシーは、友達の誰に対しても落ち着いてやさしく接した。このせいでトレシャム氏は一つ、ひどい誤解をしていたのだ。彼女は誰に対しても、そのような女性らしい可愛らしさと、気どりのない品位ある控えめな様子を見せた。トレシャム氏にしろ、他の誰にしろ、ルーシーの興味のあることを話した時、その顔は輝いた。だが、「彼」が話した時は、確かに、ルーシーはよく顔を輝かせた。ある手がかりを得た後でも、アランと他の人達へのルーシーの接し方には違いがあるとトレシャム氏が確信するまで、いくらか時間がかかった。確信が増すと、トレシャム氏は自分よりも、ルーシーのために悲しんだ。トレシャム氏は自分の友達であるアランを知りぬいていたので、アランが人からちやほやされて楽しんでいるのを、愛されたいという切望だと誤解したりはしなかった。トレシャム氏は、アランについてルーシーの知らない、見当もつかないようなことをたくさん知っていたので最初から結末を察知していた。

ロンドンの社交シーズンのさなかに、キャサリンとルーシーはブロンプトン・オン・シーに戻った。八月にイギリスから大陸へと観光客の大きな流れが向かう前に、トレシャム氏は、ナップザックに荷物を詰めこみ、ステッキを手にして、いつ帰るかを決めずに東洋への一人旅に出発したのだ。彼は金持ちでも貧乏人でもなかった。法廷弁護士の資格を得ていたが、仕事に就くでもなく、一つの場所に縛られもしなかった。彼は元気回復のために旅に出かけて、もう回復してはいたが、まったくの楽しさから滞在し続けていた。しかし、ある朝、タイムズ紙増補版のハートリーとダラムの結婚の記事に目が止まり、故郷に帰りたいという気持ちが湧いた。そして、二十四時間前には青いボスポラス海峡のそばで人生の残りの日々を送ることはあるまいとは断言できなかったのだが、その同じ日の夕方、西に向けて出発した。

トレシャム氏は、特に興味があると自分では認めてはいなかったのだが、ルーシーがどのように暮らしているか知りたいと思った。そして、成功した恋敵のことも少し知りたいと思った。

トレシャム氏に関しては、ルーシーにはまだ恋敵はいなかった。まだ、というのはいつかはそのような人は出てくるかもしれないと、トレシャム氏は何度も思った。ただ、今のところはそういうことはなかった。すると可愛い品位のある顔がやさしく快活な表情をして浮かんできた。記憶の中ではまだ快活な顔だったが、今では悲しそうに見えるにちがいないとトレシャム氏は思った。彼は、まだそのような悲しみの表情を浮かべたルーシーの顔を見たことがなく、それを思い浮かべることすらできなかった。

＊＊＊

ドラム氏は――どこかのドラム氏という人、どこかに住んでいて別にどこにも行かない人、ただの老いぼれ、とよその人に思われるといけないので、自分のことを厳密にゴーキンス・ドラム氏と呼んでいた。ミス・ドラムの弟のゴーキンス・ドラム氏は、数年の間、六十歳の陽気な若々しい独り者として通っていた。厳密に言えばどんな男も（ああ！　女も）、六十歳になってそのままでいられるというわけではない。だが長い間公然と開いてきた誕生パーティーの最後の会で、彼はまさにその日、六十歳になったと言って自分自身の健康への祝杯をあげたのである。これは今では数年前のことで、隣人同士の話の中では、いまだにほんの六十歳であった。六十何歳かでゴーキンスは花嫁を連れてきて、彼女は六十歳であると打ち明けた。ブロンプトン・オン・シーの人達は皆、二人が年月をずい分費やしたことを笑ったのだが、やがて次のような事情がわかってきた。心優しい老夫婦は年相応の時に婚約はしたのだが、それから長い年月にわたる婚約期間にあらゆる希望や失望を経験し、今それに終止符を打ったのである。そのわけは、花嫁は普通に生活している時から献身的に病床についている兄の世話をしてきたが、その兄がとうとう安らかに生涯を閉じたからであった。ゴーキンス・ドラム夫妻は自分達自身の笑いで、隣人の笑いを制し、やがて彼らへの笑いは止み、二人の家をブロンプトン・オン・シーで最も楽しく集える場所の一つだと皆が受け入れるようになった。

しかし、ミス・ドラムは弟や義理の妹に対してそれほど寛大ではなく、わざと衝撃を受けたような見方で彼らを見た。結婚式は花嫁の住んでいたリッチモンドで行われ、ハネムーンが終わったのは、ルーシーが年老いた友人をもてなしていた時であり、ジェイン の将来に影響を与える見込みのある長いノッティング・ヒル滞在の時であった。

「ねえ」とミス・ドラムはうやうやしい態度の聴き手に向かって言った。「ねえ、セアラったら」そしてルーシーは腹立たしいセアラとはきっとその花嫁のことだろうと察した。「セアラったらゴーキンスと自分の愚かな振る舞いをやましいと思っていないのよ。私は必ず新居に行って、いろいろな折にセアラの様子を見るつもりだけど、彼女の馬鹿さ加減といったら、手のほどこしようがないわ。私は結婚しないと決めるのに六十歳までは待たなかったわよ。でも多分」そして老婦人はつんとして続けた。「私は誰かのぼせあがった人の好意など我慢したかもしれない。ルーシー、ねえ、年寄りの忠告を聞いてちょうだい。結婚するつもりなら六十歳になるまでにして、さもなければ私みたいに一人を通してちょうだい。そうじゃないと、自分で自分を笑いものにしてしまいますよ」

そして、ルーシーは笑いながら、六十歳までに結婚するか、全く結婚しないかにするとうけあった。そしてやや熱意を込めて、べつに結婚すべきだとも思わないと付け加えた。それに対し、ミス・ドラムは堂々と答えた。「結構よ、どちらでもいいわ。でも馬鹿げた笑いものにはならないでね」

しかしこの老婦人はその夕方、軽蔑していた花嫁の、いわば領分に入ってみると、心が和らいできた。六十歳という年齢にもかかわらず――実際、年齢より若く見えたのだが――ゴーキンス・ドラム夫人は人好きのする小柄な女性で、ふっくらした血色のいい頬とやさしい目をし、髪は薄茶で白髪が混じっていたがそれほど多くはなかった。着ているガウンは若者ぶった気取りなどのない、地味な暗い青みを帯びた灰色のシルクだった。髪によく似合っていた縁なし帽子も、客に対するやさしい態度も、夫への愛情に満ちた態度にもそのような気取りはなかった。夫への態度は四十年前に結婚していたとすれば、ふさわしいと思われる控えめな愛情のこめられたものだった。

ゴーキンス・ドラム夫人の歓迎のキスはミス・ドラムからは冷たく、ルーシーからは温かく、返された。ドラム氏は、はじめのうち姉の厳しい挨拶にややおどおどとしていた。すぐに全員はお茶のテーブルについた。

「クリームとお砂糖は？」新しい姉を見ながら、花嫁は尋ねた。

「お砂糖は結構です」という堅苦しい答えが返ってきた。「セアラ、私をエリザベスと呼んでもらいたいわ。私は年を取っていますけど、あなたの年なら、そう呼んでもおかしくないし、姉妹らしくしたいの」

「ありがとう、エリザベス」ゴーキンス夫人は元気よく答えた。「本当に、姉妹らしくしたいわね。私達の新しい家に冷たい空気を持ちこんだりしたら悲しいことだわ」

しかし、ミス・ドラムの心はまだ溶けそうもなかった。「ええ、私はいつも言ってきたし、今も言っていることだけれど、どんな結婚でも、結婚というものが家族の間に不和をもたらしたら、きっとどちら側にも過ちがあるのよ。そして、私は自分の役目を果たします、セアラ」

「本当ですね」――しかし、セアラはそれ以上何を言ってよいかわからなかった。ドラム氏が口をはさんだ。「ねえ、ルーシー」――何年も前に、父親が彼に管財人になるようにと頼んだ時、ルーシーは膝の上にちょこんと座っていた小さな女の子だったのだが、「ルーシー、君は花盛りとは言えないね。私の年取った家内を見て、バラ色の顔になる方法は何か考えてごらん」

「ゴーキンス、なんてことを言うの」二人の老婦人は叫んだ。一人は微笑みながら、もう一人は顔をしかめて。

しかし、夜が更けるにつれ、ミス・ドラムの心はゆっくりと溶けていった。招いてくれた主人たち二人を倫理的な裁きの場所の被告席に置いてきっぱりと審判を下し、全ての人の耳に（ルーシーに代表されるのだが）宣告文が届くように、条件付き赦免の判決を申し渡した。ミス・ドラムがこの不愉快な夫婦に対して最も心を和らげたのは、二人があからさまにリウマチにかかっていることを公言した時である。ミス・ドラムが夜十時半を一分でも過ぎると夕食の席に坐っていられないと固く断った時、そのどうしようもない理由として申し立てたのはリウマチだった。そしてゴーキンスとセアラはすぐに自分達自身のリウマチの経験をはっきりと述べ、同情を示した。ミス・ドラムは帰り路にルーシーに言った。「年寄りというものは、自分を若々しく見せたいなら、リウマチのことを言わないものよ」

こうして、反目がおさまっていったが、ミス・ドラムは義妹のことを《あのかわいそうなお馬鹿さん》と言い、弟のことをもっと分別を持つべきだったと終生、折にふれて語っていた。

一方、ゴーキンス・ドラム夫人は、夫に言った。「もし、あなたの言うように三十歳でないなら、あのミス・チャールモントはなんて老けて見えることでしょう。その年齢であんなに年取って見える女の人を私は見たことがないわ」

第十章

ケンジントンとノッティング・ヒルではパーティーが盛んに行われていた。ステラがシャレードをしようと言い、ジェインはタブローをしようと言った。ハートリー氏は当然ながら妻に賛成し、ミス・チャールモントは意見を自分から出すことを差し控えた。タイク夫人はステラの意見に賛成すると言い、ドクター・タイクはどちらの意見も冷やかした。とうとうダラム氏がうまく釣り合いを持たせて、どちらの案も部分的に通した。「こうしたらどうだろう?」と彼は言ったのだ。「パグが語りをして、ミス・ジェインが黙って登場することにしたらどうだろうか」

この和平的な意見がすぐに採用されるや、ドクター・タイクは、シャレードの題目となる言葉を決め、ライバルとなるスター達に合うように、語りか場面で演じるという提案をした。たとえば、「ラブ・アップル」(15)のように。

だが誰が「ラブ」になるのだろう?

小さな男の子たちでは駄目だと皆の意見は一致した。ジェインは直接求められると、「愛と笑いの母」の像を演じることはできないと拒否した。「なぜって」と彼女は心から意見を述べた。「あれは決してラブではありませんもの」ダラム氏は一生懸命に慇懃な態度をとって、何か適切な的を射た言葉を言おうとした。彼はうまくは言えなかったがジェインはその失敗に明るい微笑みを向けた。それからドクター・タイクがキューピッドの石膏像を提案した。少し議論があってこの案が通り、この後にギリシャの娘達の行列をつけることになり、それについては後からはっきりと決めることになった。「アップル」については、アランが、パリスと美を競う女神達の案を出し、自分がパリスの役をすると申し出た。ジェインが当然ヴィーナスになり、キャサリンには堂々としたジューノーをお願いする。ジェインは勿論自分の役を引き受けたが、姉はその役を引き受けるかどうかと疑いを持った。「いいわよ」とミス・チャールモントはきっぱりと言った。「私はジューノーでも何でも、少しでも計画が進むようなら何だってなるわ」それで決まった。だが、ミネルヴァには誰がいいだろうか。ステラは知恵の守り神を演じることを断り、ジェインはそっけなく、演じる人は皆背が高いか、皆背が低いか、どちらかでなくてはという考えを述べた。とうとう立派だが、あまり立派すぎない友人の、レディー・エヴェレットがその役になった。最後の場面についてドクター・タイクは自分がステラと一緒に決めるので、あとはもう何も心配ないと主張した。そのため二人は打ち合わせを始め、ほどなくアランが相談に割り込んだ。最後にミス・チャールモントが助けを求められ、他のものには内容は明かされることなく彼らだけで取り決められた。

しかし、ケンジントンでは、すべてがゆったりと平穏のうちに過ぎ、人々は笑顔を浮かべ、ろうそくの灯がともり、とうとう芝居が上演される夕刻を迎えた。ハートリー夫人の客間は、タイク夫人の客間よりずっと広く、都合がいいということになって、そこに二百人ほどの客が集まった。ジェイン目当てか、ステラ目当てか、どちらにせよ、それぞれステラの朗読を聞きに、そしてジェインのポーズをとった姿を見に客はやって来た。気立てのよいタイク夫人は女主人として接待し、ハートリー夫人は楽屋に引っこんで姿を見せなかった。ドクター・タイクは総監督でプロンプターを務めた。ダラム氏は、パリスとなるハートリーに代わって、人々を温かく、あれこれと騒がしいほど気を使って歓迎し、ロンドンの部屋が狭いことを詫びては、残念そうにオーピンガム・プレイスの広大なことをほのめかし、「あそこでは人が礼儀をわきまえて、友人の足や裾を踏まずにいられるのですが、ハハ！」などと言っていた。

しかし全てには限りがあり、騒がしさも一段落した。やがて待っていた人達は皆到着し、出迎えを受け、軽い飲み物で休憩もすんだ。オーピンガム・プレイスの話も会話から消えた。人々はありきたりの言葉を交わし、席についた。席につくと、またありきたりの会話を交わした。「与えられているお題は何でしょう?」――「推測するのも退屈だわ――推測したりしないの」――「前もって何という言葉が題なのかを言うべきではないか」――「なんてひどい人! あれがハートリー氏なの?」「違う。年寄りのダグラム氏だ。気骨のダグラム」――「なぜ気骨なの?」「知らない、彼がそう呼ばれるのを聞いたんだ」――「どこかに美女はいないの?」――「知らない、野獣はいるよ」――ありふれた冗談は、ありふれた笑いの賛辞を受けた。

総監督がベルを鳴らし、幕が上がった。

キューピッドの石膏像が、ヘアバンドをつけ、弓と矢筒を持ち、装飾された台座の上に立って現われた。舞台裏の音楽がだんだん響いてきて、英国人の扮するギリシャの乙女たちの列が花輪を持ち、歌いながら舞台上をボール紙に描かれた寺院のほうに向かって進んだ。彼女らは恐らくそちらに向かって行こうとしていたのだが、観客のほうをちらちら見て、台座に乗ったキューピッドとは無関係に見えた。六人だけの若い婦人たちだったが、ゆっくりと動いて、互いにほどよい間隔をあけ、行列の効果を出していた。彼女たちは調子を合わせ正しい旋律で、ドクター・タイクの作った歌詞を歌った。音楽は(正しいできばえとなるよう和声ではなく斉唱で歌われ)、アーサー・トレシャムの作曲したものだった…

愛は死という名を持つ、
彼は息を与え
また奪い去る。
見よ、彼の支配のもと、
我らは花のように育つ、
ひと時花開き、
一日でしおれ、
そして消えさる。

最初に出てきた英国人のギリシャの乙女は、鼻筋がまっすぐ通った顔立ちで選ばれ、最後の乙女は優雅な足取りのために選ばれた。間の四人は声がよく、歌う役目を担った。皆ひとりよがりの軽やかな足取りで動き回り、歌ったが、劇的な情感はあまり豊かではなかった。ただ六人のうちでもっとも地味な者が物憂げな風情を見せていた。
誰かが「キューピッドの歌」ではないかと言ったが全体には受け入れられなかった。

他の誰かが何の根拠も無く、思い切って「ボア（退屈）だ、ワイルド・ボア（イノシシ）」と言ったが、この言葉は劇作家としてのドクター・タイクの心を傷つけ、彼は「ボレアース（北風）[16]」と言い返した。

第二場は無言劇だった。パリスに扮したアラン・ハートリーはギリシャ風の上着、チュニカを着てサンダルを履き、脇には羊毛の大そう大きなおもちゃの羊を置き、リンゴを手にして座り、美を競う女神達を待っていた。華やかにトランペットが鳴って、ミス・チャールモント扮する、王冠を着けた堂々たるジューノーの登場を告げた。彼女は琥珀色のカシミアの衣服をまとい、音のしない車輪の上に巧みに乗って、紐でつないだクジャクを引き連れ、その尾はこれ見よがしに後に流れていた。堂々と進み、よく考え抜いた動作で、リンゴを取ろうと片腕を伸ばした。もしハープの調べが、レディー・エヴェレットの登場を告げなかったら、リンゴはその時そこで疑いもなく、その手に渡るところであった。登場したのは、慎み深くいかにも賢明に見えるミネルヴァで、青い上着と靴下を身につけ、おかしなアテネのフクロウ[17]が肩にとまり、頭にはよく似合う兜が乗っていた。パリスはいかにもためらった様子で、リンゴを割って不和をとりなそうか迷っているようだった。その時、鳥が歌い、さえずり、鳴き交わすような賑やかな音が聞こえた。それはドクター・タイクとステラが上手に水笛を使って真似たもので、その音はヴィーナスが近づいていることを知らせた。入って来たのは、美しいジェイン・チャールモントであった。しっかりした、滑るような足取りで、目は勝利に輝き、リンゴは間違いなく自分のものだと言うように小さな両手を伸ばし、唇は勝利の笑みでなかばひらいていた。その長い白いローブは床に流れ、古典的な趣を見せた。二羽の鳩が髪に心地よさそうにうずくまり、くちばしを触れ合い、甘いささやきをかわすかのようだった。しかしヴィーナスの顔は他のすべてにまさった。パリスが片膝をついて彼女の細い白い指の中にリンゴを渡そうとした時、ジューノーは怒った表情を、ミネルヴァは軽蔑の表情をするのを忘れた。

この後、最後の場面はつまらない退屈なものになった。ステラが、果物籠をバランスよく頭に載せて「ブドウにメロン、桃にラブ・アップル」とごく自然な抑揚で呼ばわり、いつの時代かどこの村か知れないが、媚びを見せる市場の売り子の印象を与えようとしても、無駄だった。アーサー・トレシャムはどうしても桃を値切ることはできず、アラン・ハートリーはラブ・アップルに値をつけることはできなかった。ジェインは自分の目的のうちの一つを手に入れた。その晩、小さな友達、ステラを上回る評判を得たのだ。

劇団員達は衣装を身に付けたまま夕食の席につくことになっていた。便宜上そのように取り決められたのだが、ひそかに虚栄心を満たすためかもしれない。ステラだけが、果物籠を脇に置き、ミス・チャールモントはクジャクを放してやった。レディー・エヴェレットは兜をかぶったままであったが、それで彼女の美しい黒髪が隠れることはなかった。（彼女は結婚前のクレアラ・ライアン・モスだった時、ミス・モスと呼ばれていた。）(18)ジェインは二羽のハトをまだ持っていた。

しかしシャレードが終わる頃、舞台を離れたところで、舞台上よりもっと重要なことが起きていた。ジェインは自分の役が終わると、他の役者達をそれぞれ思いのままにさせておき、そっと温室に向かった。その夜、客が外套や帽子を置くのに使われていた部屋から温室に出ることができた。もし誰かが後からついてくることをジェインが期待していたとしたら、それは裏切られなかった。重い足音と極まり悪そうな咳払いでダラム氏だとわかった。彼はジェインのもとに急ぎ足で近づいた。そこでジェインは扇であおぎながら、花や葉を背にして、白く輝くばかりの様子だった。一方ダラム氏はおどおどしながら尊大で、極まり悪そうでいながら自己満足にひたっており、確かに貴婦人にふさわしい男ではなかった。

「えへん――あー――ミス・ジェイン、たいへんな出来栄えでしたね。今後はもういつもあなたをヴィーナスだと思います。本当ですよ」ジェインは優しく微笑んだ。「かわいそうなパグは不満だったでしょう――本当に。でもあの娘には夫がいますから、私達に対して得意気にふるまえますからね」ジェインは、真面目な、問いかけるような目で彼を見てから、輝く目を伏せ、肩をやや彼のほうに向けた。まごついてダラム氏はまた言葉を続けた。「ですが、ミス・ジェイン、本当のところヴィーナスも結婚している女性ではなかったのですか。そして私達は――」ジェインは彼をさえぎった。「皆のところに戻りましょう。あなたが無礼でとても不親切なつもりでないとしたら、おっしゃることがわかりません」「どうぞ、私に腕をお貸しください、ダラムさん」――彼女は立ちあがった。彼が近寄ると、彼女は身を引いた。ダラム氏は、無作法だが、ずるくも冷淡でもなく、尊大で大騒ぎをするが、それにもかかわらず度量の狭い男ではなかった。そして彼は言った。「私から尻込みしないでください、ミス・ジェイン、私の腕をいったんお取りください、皆のところにお連れします。けれど私の手を永久にお取りください。私はあなたを愛し、賞賛しているのです、ミス・ジェイン。もしあなたがこの年老いた男を夫として受け入れてくだされば、あなたは私がシティーで名のあるかぎり、決してお金にも楽しみにも困ることはないようにいたします」――声の調子がおかしくなり、大きな澄んだ目に涙がたまった。

こうしてジェイン・チャールモントは一晩で目的を二つとも達成した。

夕食は、照明が明るく灯され、グラスと大皿が運ばれ、この上なく賑やかで陽気な食事となった。人々はその晩の出しものに満足し、自分にも相手にも満足した。ダラム氏はひどく目立つお祭り気分でジェインの横に割り込んで、窮屈でご迷惑に思わないでくださいと隣の人達に頼んだ。ジェインは顔を赤らめたが、顔をしかめるのはまだ早いと判断した。ダラム氏は古風なほうだったので、健康を祝して乾杯しましょうと言った。美しい女優達、英国人の扮するギリシャ娘達、気品あるスター達が次々と祝杯を受けた。トレシャム氏は行列した六人の娘に代わって感謝の意を表し、ドクター・タイクはミス・チャールモントに代り、サー・ジェイムズ・エヴェレットとハートリー氏はそれぞれの妻に代わって感謝を述べた。

そしてジェインの健康が祝杯を受けた。誰が返礼に立ちあがっただろうか。ダラム氏が立ちあがったのだ。「えへん——あー」と彼は言った。「あー——えへん。紳士淑女の皆さま。今夜のヴィーナスに代わって感謝を返すことをお赦しください。つまり要するにヴィーナスのためにというのは、その健康のために祝杯をあげる栄誉を私に与えてくださったので」——心得顔の微笑みがテーブルのまわりに広がった。「私達に、と言うべきですな。私は言ったことを言わないということはないのであって、全く反対です。私は言ってしまったことを恥とは思いません。もう一言だけ、ヴィーナスと我々皆に光栄にも祝杯をあげてくださったことを感謝して申し上げます。シャンペンのコルクがポンとはじけ、その音がきっかけで、またポンとはじけます。ポンとはじけた後は、他言無用。紳士淑女の皆さま、良き友人達、皆さまの健康を祝します」

そしてオーピンガム・プレイスの当主は座った。

第十一章

ルーシーはジェインの婚約の知らせを心から腹立たしい思いで受け取ったが、腹立たしさを感じた自分にまた腹立たしくなった。「良心」が危険を感じ、羨望と自尊心がその腹立たしさに混ざっていると断言した。「自我」が言いかえした。「ジェインは慾得づくだと思うのは羨望ではないし、低俗なことを嫌うのは自尊心ではない」すると「良心」は言い張った。「ジェインが自分より早く結婚するのに苛立つのは羨望だし、ダラム氏を低俗だと烙印を押して常軌を逸していると忌み嫌うのは自尊心が高い」そこで「自我」は嘆願した。「誰でも自分が年を取って、そう感じさせられるのは好まない。ことあるごとに当惑させられる親戚を悪く言わないものなどいるだろうか」しかし「良心」は決定的な言葉をもたらした。「もし、あなたがジェインより若かったら、もうすこし彼女を大目にみるだろう。もしダラム氏があなたの妹以外の人と婚約したら、彼の育ちが悪いからと言って徳をすべて欠いていると責めないほうが正しいと思うだろう」

こうして「良心」が「自我」に打ち勝った。ルーシーは自尊心と失望を一緒にのみこんで、ミス・ドラムの「ねえ、お姉さまや妹さんが元気で、少しばかり楽しんでいらっしゃるといいわね」という言葉に答え、元気よくこう言った。「こんないいニュースをお伝えするのだから、何かお返しをいただきたいわ。あのね、ジェインが婚約したのよ」

ミス・ドラムには結婚ほど好きなものは他になかった。「お互いにお似合いで、年齢と姿形の点で滑稽なものではない人達の間の結婚ですけどね」と的を射た限定を付け加えたことだろうが。さてジェインは花嫁になるのに十分若く、十分美しかった。ミス・ドラムは喜び、興味津津で、次々に質問した。これに満足がいくように答えることはかなり難しいとルーシーは思った。

「それでお相手の紳士はどなたなの」

「グロスターシャーのオーピンガム・プレイスのダラムさん。とてもお金持ちのようで奥様を亡くされた方なの。一人娘は」ルーシーは気づかれない程度に努力して急いで話を続けた、「キャサリンと私がよくノッティング・ヒルでお会いしていたハートリー氏と結婚したの。大変な財産の相続人になると思われているわ。でもこれは少し変わってくると思うけど」

「それではジェインには少し年を取り過ぎているみたいね」

「まだ五十歳になっていないみたいよ。勿論十分年取っているけれど。彼の言うところによると、オーピンガム・プレイスはとても素敵な田舎の屋敷にちがいないわ。ジェインは富と楽しみに向いているわ。彼女にはおおいに楽しむ能力のようなものがそなわっているのよ」——そしてルーシーは言葉をとめた。

ミス・ドラムは年齢のことを置いておき、また話し始めた。「この方はどちらのダラムの一族なのかしら。昔サー・マーカス・ダラムという人を知っていたけど——陽気で狩猟好きの準男爵だったの。彼は北部の一族の出だったわ。でもこの方は同じ家系の別の人かもしれないわね。彼は伯爵の令嬢、レディー・メアリーと結婚したのよ。彼女は部屋に誰がいても上座に座ったものよ。そんなことは未亡人のレディー・ダラムが臨席している時はいい趣味だとは思われなかったわ。でも伯爵の令嬢たるものは正しい作法を理解すべきでしょう。それなのにあんな振る舞いをするのだから。私は自分がどう思うか意見を言いたくありませんけれど。たぶんダラムさんは準男爵の地位を得る見込みがあるかもしれないわ。サー・マーカスは子供がいなくて、独身の弟が後継者だったから。そうするとジェインもいつかは《奥方さま》《マイ・レディー》ね」

「いいえ」とルーシーは答えた。「そうなるとは思わないわ。ダラムさんは、聞くところによると大変裕福な方だそうよ。でも地方の旧家の出ではないんですって。彼はシティーで財産を築いたそうよ」

ミス・ドラムは言い張った。「貴族の家系でも長男でない息子[19]は、商売で財をなすことがずい分あります。財産を作ることは恥ではないわ。ダラムさんがいつかは準男爵にならないともかぎらない。これまでもシティーで働く多くの人々が宮廷で閑をもてあましている人と同じように立派な紳士だと言えるでしょう。きっとダラムさんは才能ある上品な方かもしれないし、親戚も立派かもしれないわ。もしそうなら、財産も欠点ではないし、年齢の点はお相手のレディーの決心におまかせするわ」

ルーシーはそれ以上何も言わなかった。ただダラム氏がブロンプトン・オン・シーにやって来て真実を悟らせる日が近づいていることを予見し、ひどく気が重くなった。いったん家系のことが話題になると、ミス・ドラムの話は止まらなかった。彼女自身は曽祖父さえはっきりつきとめられなかったが、家系図には敏感だった。

「今ではそう思われないかもしれないけれど、ルーシー、私の家のドラムという姓は、響きはダラムほどよくないけど、この二つは本当は同じものなの。一度、サー・マーカスにそう言ったら、彼は愉快そうに笑って、後でよく私を従妹と呼んだの。レディー・メアリーはこの考えがお好きでないようだったけど、誰がどう思っても事実は曲げられないわ」そう言う老婦人は堂々として見え、まるでドラム・ダラム説が紋章院で採り上げられ、賞賛されているかのようだった。だが、実際は他の誰も、のん気なゴーキンスさえも、その考えを受け入れなかった。

一方、ノッティング・ヒルではすべてが陽気に順調に運んだ。ジェインは言っていたように、自分の気持ちがわかる年齢であり、明らかにそれを自分で知っていた。ダラム氏が素晴らしいダイヤモンドのセットを贈った時、自然に彼をジョージと呼ぶようになった。ダラム氏が日取りを決めようと言ってせかすと、ジェインは少女らしい風を装って、そのような大変なことは全部キャサリンと話してほしいと答えた。

ミス・チャールモントに向かって、ダラム氏は自分の考えていた継承財産分与の案をすでに打ち明けていた。ジェインは相当立派なものを十二分に与えられ、パグも自分の財産を失ってはならなかった。これをキャサリンは正しく理にかなっていると考え、ジェインに説明することを引き受けた。ジェインは姉に対しては少し不機嫌だったが、恋人には笑顔を見せた。心の中では、自分自身の巣はことのほか居心地のよいものになってきたと感じていた。というのはダラム氏の新しい結婚に際して夫婦財産契約は、ステラが成人した時に二万ポンド、父の死に際して二万ポンドを譲り受ける分を見込んでも、たいへん気前のいいものであるばかりではなかった。キャサリンも、自分が死んだ時には父の財産のうち譲り受けた分はすべてジェインに渡り、それはジェインが自分の持ち分として得たものとなり、自分の思い通りにしてよいものとすると、自然に心づもりしていたからである。妹は当たりさわりのない寛大な様子で述べた。「でもお姉さまも、いつか結婚なさるとしたら？」しかしキャサリンは可愛がっている妹のかすかな無私のひらめきに感謝して、心をこめてきっぱりと答えた。「私は結婚する気はなかったし、そしていつも私の財産はあなたのものになると思っていたのよ。お願いだから、もうあまりお父さまが悪いみたいに言わないでちょうだい」

ダラム氏は、結婚の日取りを決めるよう催促し、ジェインは気が進まなかったが、かろうじて形式的なものとして日を決めた。それは八月のある日に決定され、新婚旅行はすでにパリとスイスに行くことに決まっていた。そして、ミス・チャールモントは家に帰る時が来たと述べ、結婚式は親切なドクター・タイクが提案するようなノッティング・ヒルではなく、ブロンプトン・オン・シーで行うと決然と言うのだった。

ジェインは町を去るのを喜んだ――ダラム氏はジェインと別れたくはなかったが、避けられない準備段階と考えていた。それにもかかわらず、ジェインが短い別れを気にしていない様子をしていたので傷つけられた。ジェインは、愛情を示すように期待されて、やや不安になった。もっともダラム氏の気持ちを見抜くとすぐにジェインはその不安を胸にしまい、自分も愛情を示そうとした。ダラム氏はロンドンブリッジ駅で別れる時、心から残念そうだった。しかし、ジェインはそれまでの人生で、彼をプラットホームに残して汽車が発車する時ほど、ほっとしたことはなかった。数日経てば、もう置き去りにすることはできないのだ。しかし、ダラム氏がいなければパリを見ることはできないのだと考えて自分を慰めた。スイスはジェインの目には二の次だった。

ミス・ドラムはよく手本として、「礼節人を作る」という言葉を示し、敬意を持って見つめる生徒達にこの語句の中の「人」は「女の人」も含むのだと説明していた。キャサリンは後年、「道徳が人を作る」(「女の人」も含む)という言葉は、劣ることのない真実を伝えていると思った。ジェインはもう少しその文を変えて、Mの文字を習う手本に「金は人を作る」と書いたかもしれない[20]。

第十二章

ルーシーは今までになく長引いた不在の後に帰宅した姉妹を暖かく嬉しそうに出迎えたが、ジェインはその気持ちをかき消してしまった。

花開く若さと満足の絶頂期にあるジェインは、ほかの場合にも、持っているとは見えないやさしい気配りを、やはり持ちそうになかった。姉のルーシーは、ジェインの心の中で老いた独身女性の一覧表に載っていて、恰好な標的となった。

「あら、ルーシー」最初の晩に一緒に座った時、三人の中で一人だけのんびりと過ごしていたジェインは、大きな声で言った。「お姉さまったら、ジョージと同じぐらい老けて見えるわよ。同じぐらい元気でもあるけど。ミス・ドラムから、うつったのね」

「ミス・ドラムのことはほうっておいて」ルーシーは二重に苛々して、急いで答えた。

「そしてもし」――彼女は無理に笑った――「確かに私の顔を見てジョージを思い出すなら、あなたは嬉しいはずよ」

しかしジェインは度し難かった。「あら、ジョージはオーピンガム・プレイスで、オーピンガム・プレイスはジョージなのよ。でもお姉さまの様子からすると、その二つには違いがあるってはっきりわかるわ。考えてもみて。ジョージは、彼を置いてくる時、私が暗い気持ちになると思っていたのよ。駅で別れの言葉を大きな声で交わしていた時、赤いハンカチをふって風にはためかせていたのをはっきりと見たわ。ジョージは結婚式が終わるまで私があまり外出しないと考えてうぬぼれていたの。がまんできるものなら、私は家にいるでしょうよ。ところで、お姉さまがジョージの写真を十ポンド紙幣に包んだのは冗談だったの？　後になって、あれは本当にきちんと折りたたんでいたと思い浮かんだけれど」

「ああ、ジェイン！」とキャサリンが口をはさんだ。たしなめようとして、さらに言葉を続けていたかもしれない。だが、その時ドアが開いてバランタイン氏の来訪が告げられた。

バランタイン氏は弁護士《ソリシター》で、ゴーキンス・ドラム夫人の親戚であり、結婚する少し前にドラム氏の計らいで共同経営に加わった。外見からすると、ゴーキンス・ドラム夫人ではなくミス・ドラムの甥に見えたかもしれない。外見もふるまいも非常に控えめだった。もし誰か彼をひと目見て気に入るなら、それは表面的に反感を持たせるものが何もないからだった。もし誰かが進んで打ち明け話をするとしたなら、彼はいつも口数が少なく、型通りに秘密を守るという性格を表していたので、もっともなことだった。だがどんなに外見とは違っても、バランタイン氏は、抜け目ない実務家であり、はっきりしない性格というのではなかった。

バランタイン氏は、ミス・チャールモントにジェインに対する財産贈与の目録を見せ、そして必要なら、さらに指示を受ける約束で訪れたのだ。彼女はただ自分の耳で聞くというより、自分の目でしっかりと見て納得する人間だったので、書類を持って自分の部屋で一人になり、妹達に訪問者のもてなしを任せた。

残されたバランタイン氏は敬意を払ってジェインを見た。オーピンガム・プレイスの主人を獲得するなどという彼女の幸運は大変稀なものであると彼は思った。ジェインを見て、ダラム氏も幸運だったという結論に達した。ジェインはバランタイン氏を一瞥しただけで、内心で彼はとるに足りない人と評価した。だが、その一瞥で、彼が賛嘆しているのを見てとった。賛嘆されるといつもジェインは機嫌がよくなり、親切な愛想のよい態度をとってもよいと思った。

ブロンプトン・オン・シーの独身女性達は、さまざまな動機があって、バランタイン氏に愛想よくしたことだろう。彼は、まだ若かったが妻を亡くしていた。すでに安楽な生活ができる境遇にあり、もっと裕福になる可能性があった。亡き妻の思い出には品位ある態度を示したが、いつまでも慰めようもないほど悲嘆にくれてはいなかった。一人息子のフランクはまだほんの五歳で健康であり、家庭を持つにあたって問題となるとは思えなかった。確かにある独身女性達はやや目立って愛情を示しながら彼を扱ったが、こういった人達は明らかに十代の女性ではなかった。

一方バランタイン氏は誰にもほどよく礼儀正しくしていたが、それとわかるほど好意をよせる人を選び出してはいなかった。恐らく彼は、ミス・イーディス・シムズという医者の娘を好きだったかもしれない。彼女は乗馬を好む大胆な女性で、クローケーの腕前は一流だった。見苦しいニンジンのような赤毛でそばかすがあり、彼女は心から結婚の望みを抱いていた。もしかすると、バランタイン氏はルーシー・チャールモントが好きだったかもしれないが、彼女は少しでもそう考えさせる余地を与えなかった。姉のミス・チャールモントには、バランタイン氏は二度会ったことがあるが、二度とももっぱら仕事のことで会ったので、彼は目にも明らかに畏敬の念を表していた。

キャサリンは書類の案には何も反対することがなく、すべて同意すると言ってそれをバランタイン氏に返した。それからお茶が運ばれ、バランタイン氏はひきとめられた。

彼がお茶の席にふさわしい人であることは他の仲間では認められ、賞賛されていたが、ここではまだ未定の状態だった。ミス・チャールモントは、人々が夕食のテーブルにつくのと同じように正式にお茶の席につくという古風なやり方に固執していたからである。

ピクニックの計画が、ゴーキンス・ドラム夫妻によって立てられていて、ルーシーが招待され、それを受け入れていたのはジェインの婚約が発表される前だった。そこで、バランタイン氏はピクニックの話題を持ち出した。当然ルーシーは加わると考えていたし、提案者の夫妻にも力を得て、二人の姉妹も誘ったのである。ジェインはこの提案に顔を輝かせ、心の中で、親しい人達の中に、オーピンガム・プレイスの未来の女主人として現われるという考えに喜んだ。だがキャサリンは躊躇し、こう言った。

「ありがとうございます、バランタインさん。私自身はお訪ねしてドラム夫人にはお礼を申し上げたいのですが、ダラムさんが反対なさるかもしれません。ですから私は妹と一緒に家に残ります。きっと将来、皆でお会いする機会はありますわ」

「あら！」とジェインは大きな声で言った。「ダラムさんは青ひげ(21)ではないわ。もしそうでも私は最初にちょっとは楽しまないと。大喜びで参りますとお伝えください」

「まあ、ジェイン！」ミス・チャールモントは抗議した。だが、無駄な抗議だった。ジェインは一度、楽しいことに心を向けると、どんなに礼儀作法の点で疑わしい問題があっても、彼女を思いとどまらせることはできなかった。姉のほうは口惜しい思いをしたが、自分の威厳より、無礼な妹の信用のほうが気がかりで、否応なしに意見を変えて、溜息をつきながら招待を受け入れた。もしジェインが行くと決めたら、中年の姉の監視のもとに出かけるほうがよい。しかしながら、人数の多い集まりとなり、いろいろ見知らぬ紳士も加わるだろうし、キャサリンには、正直出席などあるまじきものだったのだ。

しかし、ジェインは喜びにあふれ、バランタイン氏に誰が来るのかと熱心に尋ねた。彼が帰ると、ジェインは姉達に長々としゃべりたてた。――「あの、不愉快なイーディス・シムズは、勿論、ブルネットに乗って、自分の姿と馬術の腕前を見せびらかすわよ。私はピンクの服を着て彼女の隣に座って、あのそばかすを目立たせてやるわ。私は彼女が私には財産が無いとみんなに言ったのを忘れていないわ。あの人はバランタインさんを釣り上げようとしていると思わない？　彼女が何か相談してきたと、バランタインさんが言ったのを聞いたでしょう。バランタインさんを私達の馬車にお乗せしましょうよ、子供は御者席の横に乗せて」

ルーシーは言った。「とんでもない、ジェイン。バランタインさんはご自分の二輪馬車(22)をお持ちだし、私達がずっと一緒にいるなんてことでなくても、彼はやっかいな人だわ」

そして今度はキャサリンが、有無を言わさず付け加えた。「あらまあ、そんなふうに考えるのはとんでもないことよ。私はダラムさんに、そんなことをもっともらしく言えません。ジェインは、ルーシーと私と、私の選んだ人と一緒に乗って行くのよ。そうでなければ、自分で馬車を探しなさい、私はピクニックに行きませんから」

第十三章

ブロンプトン・オン・シーの周辺はピクニックに適した場所が多かった。ゴーキンス・ドラム夫妻は好ましい場所のうち最も美しい所を選んだ。ロッキー・ドランブル(23)はそのあたりでは一番花の多い緑の谷だったが、岩石のかけらがそこかしこに見え、こだまの響くところや、湧き水の滴る泉があった。その上、昔から愛にまつわる有名な伝説が残っている場所で、また月夜の晩にはそこに幽霊が出るとまことしやかに言われていた。ロッキー・ドランブルにはいたるところ縫うように小川が流れ、その水がクレソンを育んでいた。ある時期にはその小川の岸には、野苺が生り、また別の時期には木の実が生り、時にはキノコが生えていた。一年中その谷には鳥の声がした。しばしばリスが木を駆け上がり、芝土の上では、ウサギがまっすぐに体を起こして立ち、鼻をうごめかしていた。ロッキー・ドランブルは、明るく陽の差す夏の日には涼しい木陰を作り、鳥の声や水音によって静けさは破られることなく、さらに深まった。川の流れは近く、海は遠くなかった。陽の光が格子縞模様を作る木陰は、微風が吹くたびに影がちらちらと変わり、光がここに、またそこにと差し込み、果てしなく単調に、変化し続ける。

このような日にチャールモント家の人々は馬車に乗ってロッキー・ドランブルの集合場所に向かった。馬車の中には四人が乗っていた。ミス・ドラムとキャサリンが前向きに座り、ルーシーとジェインがその向かい側に座った。御者の横には小さなフランク・バランタインが座り、初めのうちはよくしゃべり陽気だった。だが、きっと疲れてくるだろうから、その時は中に連れてきて寝かせることになっていた。この子供はピクニックに行くことを楽しみにしており、やさしいミス・ドラムが彼の世話をすると約束していた。ただミス・ドラムは名目上で、この年取った友人に代わってルーシーが世話をするという暗黙の了解があった。

ミス・ドラムは、だらりとした絹のボンネットをかぶっていたが、それは移動更衣車の覆いと多くの共通点があった。キャサリンはいつもの縁なし帽子の上に、つばの広い茶色の麦わら帽子をかぶっていた。ルーシーはよく似たつば広の帽子をかぶっており、下に縁なし帽をかぶってはいなかったが、実際は二人のうちルーシーのほうが年上に見えた。ジェインは、肌の色艶を犠牲にしてまで服装にこだわることはせず、やはりつばの広い帽子をかぶって現われた。それは鳩色で緑の葉の縁取りがしてあり、その下にリンゴの花が咲いているような効果を出すよう、白の上にピンクのモスリンを、またそのピンクの上に白いアップリケを重ねた柔らかいスカーフを身につけていた。キャサリンは地味な服装をするようにと願ったが、ジェインは自分の美しさを隠すなど思いもしなかった。ジェインは、ダグラム氏に結婚式の前日午後まではブロンプトン・オン・シーにはやってこないようにと頼んであった。ジェインがしつこくせがむのでダグラム氏は心を傷つけられたようだが、彼女はその時は愛情のこもった慎ましやかなふりをして、こういったことは互いの微妙な関係には当然であると断言した。結婚式までには五日あり、ジョージはまだ彼女のすぐ傍らにいてよいわけではなかった。そして楽しむのにこれほど恰好の機会はありそうにない。確かに次の晩餐会は骸骨が主人役となるなら、今のこのご馳走はよけいおいしい味がする。というのも、ジェインが言うように、ジョージはオーピンガム・プレイスなのだが、ジェインはジョージがいなければ、もっと喜んでオーピンガム・プレイスの新生活にはいっただろう。

ミス・チャールモントは、ピクニックなど仕方がなくて行くのであり重要とは思いたくないので、ぎりぎりまで出発を遅らせた。一行がドランブルに着いた時、友人たちはもうその場に集まっていた。最後に来た者たちは皆からやさしく賑やかな歓迎を受けた。ほんの少し前に着いた五、六人の紳士たちが愛想のよい小柄なドラム夫人によってジェインに紹介された。ドラム夫人もジェインに会ったことはなかったが、一目でジェインに魅了された。ジェインは、キャサリンがほっと胸をなでおろしたことに、卓越した将来に釣り合う威厳に満ちた風を備えていた。彼女は媚びを見せるというよりも優雅だった。誰に対しても優雅に振る舞ったが、誰にもへつらわなかった。以前とは変わって、甘言を弄することはなくなっていた。イーディス・シムズはブルネットに乗って来ていたが、ジェインは言っていた通り、彼女の隣に座り、思い通りの効果を出していた。

チャールモントの一行は遅れて来たので着いた時には、皆昼食を食べる用意ができていて、食事前に散策はできなかった。昼食はすべていつもと同じもので珍しいものはなく、それを食べるほとんどの人は、十分に健康な食欲を見せた。ジェインは最も注目され、確かに居合わせた美しい女性たちの中で際立っていた。

一方、二、三人の人達が、どちらがミス・チャールモントかという点で、キャサリンとルーシーを間違えた。

あわれなルーシー、彼女は座って話したり笑ったりしていたが、今ほど気が重いと感じたことはめったになかった。話したり、笑ったりしている間にも、自分が、ますますやつれていき、目に見えて老けて色褪せていくのを感じた。フランクは何か甘いものをたくさん食べた後、格子縞模様の肩掛けの上で眠りこんでいたが、この子が目を覚ましてうるさくし、自分に世話を焼かせてくれれば、このように「笑って我慢する」より、どんなにかましだろうとルーシーは思っていた。

昼食が終わり、一行は二人、三人と連れだって、ドランブルの谷のあちらこちらに散っていった。ミス・チャールモントは頑固にジェインに付き添っていた。気がつくとミス・チャールモントは小さな子爵とその家庭教師と一緒に、川岸や突起した岩の上をあちこち歩いていた。よじ登るうちに、若い男達のくだらない会話と満足げなジェインの受け答えに彼女の中で怒りが次第に大きくなった。確かに誰かがキャサリンの顔を見ていたら（誰も見ていなかったのだが）、ピクニックには異例のものを目にしたことだろう。

ミス・ドラムは弟やその花嫁と一緒にいるのでどう見ても年老いて(24)見えたが、昼食がまだ終わらないうちに、身体を暖かく包み込んで一頭立て貸馬車の中にひっこんで昼寝をすると公言した。「お茶には呼んでちょうだい」とミス・ドラムはルーシーに言った。

「そしてフランクに手を焼いたら、私と一緒に馬車に置いていってもいいわよ」

しかし、ルーシーにとっては、フランクは一つの方便だった。その世話をすることは、冗談ばかり言うドラム氏や、ひそかに自分を見ているバランタイン氏や、そのバランタイン氏につきまとって馬の話をするイーディス・シムズや、誰にせよ黙っているより話しているほうが退屈な相手と一緒にいなくてもよい口実となった。

フランクは目を覚まし、乳母がドランブルには苺があると言っていたのを思い出した。その季節がいつなのかを彼は理解していなかった。フランクは苺を探し始め、ルーシーはひたすら彼の通った後を追い、本当のことを教えて夢を覚ます必要などないと思っていた。小さな子は、しばらく思い描いた苺を探してあちこち歩きまわり、周囲に目を凝らした。これが駄目だと知ると、隠れん坊をしようと急にやかましく言いだした。フランクが隠れるのを、ルーシーは見てはならなかった。

二人は今や、ドランブルの中で一番岩石の多い場所にいて、他の仲間たちは見えなくなっていた。ルーシーは言われたように目を閉じたとたん、嬉しそうな叫び声が聞こえ、あわてて目を開けると、フランクがその小さな脚で、できるだけ早く、跳ねまわる兎を追いかけていくのが見えた。フランクはもうすでに数ヤード離れたところにいた。呼んでも振り向きもせず、子供らしい甲高い声でわけのわからない返事を返すばかりだった。恐怖で速度を増しながら、ルーシーは跳ぶように追いかけ、本能的な正確さで、大きな石や茂みを払いよけた。フランクのスモックをつかもうとし、つかみそこねて、またつかもうと手を伸ばした。やっとのことでつかまえ、転んでしまい、そのはずみでフランクも一緒に転んでしまった。石ころとイバラの上に倒れ、ルーシーは、ひどいすり傷とひっかき傷を作ったが、子供は無事で、ルーシーはそれを知ってから気を失った。気が遠くなりながら、片手はしっかりとスモックを掴んでいた。

フランクのおびえた叫び声で、すぐに友人達が助けに集まった。ルーシーは、まだ気を失っていたが、やわらかな芝土の上に抱えあげられ、水をふりかけられてやっと意識が戻った。ルーシーはめまいがして興奮していたが、断固くずおれまいと思っていたので、言葉少なに事のいきさつを説明し、不注意に子供を危険に陥らせたと自分を責めた。ドランブルでは馬車がここまで入って来られなかったので、一頭立て馬車まで歩いて行くには誰かに支えてもらう必要があった。真っ青な顔をしたバランタイン氏が腕を貸すと申し出た。しかしルーシーはドラム氏の腕のほうを選び、ぐったりとよりかかり、支えてもらった。

ルーシーはまもなく無事に一頭立て馬車のミス・ドラムの横に座った。昼寝から急に起こされて目を覚ましたミス・ドラムは、おびえて落ち着きを失っていたが、やがて自分をはじめ皆に同じように落ち度があったと言い出して、最後にはルーシーにも責任があると抑制した調子で言った。痛手を負っていたルーシーはこのように結論づけられ、急いで帰宅することになり、残りのピクニックの参加者たちも、ドラム夫人の明らかな心の動きに影響されて、野外のお茶会や他の楽しみを断って、帰途につくことに決めた。

一行はそれぞれの馬車の周りに集まって乗り込もうとしていた。だが、キャサリンとジェイン、子爵と家庭教師はどこに行ったのだろう。叫んで呼んでみたり、口笛を吹いたり、にわか仕立てのアボリジニー風の「クーイー！」[25]という呼び声も試してみたが、すべて無駄だった。とうとう、ドクター・シムズがルーシーのいる馬車に乗り込んで、無事に送り届けると約束した。ミス・ドラムは気付け瓶を手にして、厳しい顔で彼女の横に座った。フランクは父親から耳にお仕置きを一発受けて、御者台の横の席から、後部の席へと格下げになった。年老いたミス・ドラムの向かい側の席で、彼女は彼のほうに鬼のような恐い顔を向けていた。このように最初の馬車が出発し、イーディスがその横でブルネットの手綱を引いた。他の者達もあまり遅れないように後に続き、まだ来ない者達のために一台の馬車が残され、ピクニックが途中で切り上げられた顛末を、なるべく驚かせないように姉妹に説明する責任が、御者に負わされた。

第十四章

結婚式の前日、ルーシーはまだ傷が痛み、心も動揺しているので、教会にも一緒に行けないし、結婚披露宴にも出られないと告げた。姉妹はどちらも反対しなかった。キャサリンは、もっともな理由だと思い、ジェインは、まだ傷跡が残っているのに新婦付き添い役になればみじめな姿になるだろうと思ったからである。そしてジェインが実際に述べたとおり、ルーシーがいなくても十分に人数は足りており、立派に務めを果たせる花嫁付き添い役がまだ八人も控えていた。

ブロンプトン・オン・シーには、ホテルらしいものは一軒しかなかった。それは一度短期間、一人で滞在した王家の血筋の公爵を記念して「デュークス・ヘッド亭」と呼ばれていた。彼が訪れた時は、そこは簡素な宿屋で、「三人の人魚」という名と看板が掲げられていた。人魚たちは黄色い髪で櫛を手にした若い人間としてペンキで描かれており、その顔は、なぜ手鏡の中の自分を一心不乱に見入っているのか説明できないようなものだった。尾が藍色の波の下にぼんやりと描かれていた。畏れ多い訪問の後、この看板にとって代わったのは、うつろな表情で、判然としないものを指差している紳士として描かれた公爵の看板だった。この芸術作品は次には「デュークス・ヘッド亭」とだけ記されたものになった。

なんという名で呼ぼうと、そこは分別ある人間、あるいは妥当な欲望を抱えた獣が望むにふさわしい居心地良さを提供するホテルで、広い部屋には風変わりな小部屋がついていて、階段に通じていた。王室の公爵が滞在した跡として唯一目に見えるものは（ただ称号が記されただけの看板の他に）、厚紙に彩色した王室の歩哨達の等身大の像[26]で、踊り場や出入り口に立てられていた。全ての窓辺には花の咲いた植物の植えられた緑の箱が置かれ、そこから甘い香り、特にモクセイソウの香りが部屋の中へ漂ってきた。最もいい部屋は四角の中庭に面しており、三方は芝土が置かれ、鳩がよくやって来た。その片隅に置かれた鳩小屋の上には、輝く銀色の球が飾られていた。

「デュークス・ヘッド亭」の主人は、やせて顔色が脂肪のように白っぽい男で、同じように不快なべたべたした物腰で、その日せわしなく動きまわり、家中のものが彼のまわりで騒がしく働いていた。というのも、「デュークス・ヘッド亭」はダラム家とチャールモント家の結婚披露宴に豪華さと優雅さを添える役目を担ったばかりでなく、未来の花婿、つまり噂では、ポケット一杯のプラムを持っているというあの名高いダラム氏自身が上流社会のさまざまな友人達と一緒に、五時半の汽車でブロンプトンにやってきて、一晩「デュークス・ヘッド亭」に泊まることになったのである。ウェイター達は真っ白な襟をつけ、ウェイトレス達はとびきり鮮やかなピンクの縁なし帽子をかぶり、女主人は深紅の長い正装用ドレスを着て金鎖を身に付けて、土地の行政長官でもあるかのように立っていた。主人は生き生きとして、あちこち点検しては、手を加えていた。「デュークス・ヘッド亭」は、実際に王室の公爵が訪れた時以来初めて、晴れやかな歓迎の様子を見せたのである。

ダラム氏が汽車からプラットホームに降り立ち、アラン・ハートリー、ステラ、アーサー・トレシャムが続いて降りてきた。ダラム氏はジェインがそこで出迎えてくれているという望みを抱いていたが、失望することになった。出迎えるかどうか話し合われていなかったわけではない。ミス・チャールモントは、ピクニックからの帰りの馬車で、幼い子爵とその家庭教師と一緒に近々と向かいあって座らなければならなかったことをいまだに心の中で腹立たしく思いながら、次のように言っていた。「あら！　ジョージを駅で出迎えても何も不適切なことではないわ。きっと彼も喜ぶわよ」しかしジェインは答えた。「ああ、お姉さま！　ジョージは大丈夫よ、それに私はわずかな時間も無駄にはできないの。ただし、私のため、家に留まってくださらなくていいのよ」

そのため誰もダラム氏を出迎えなかった。しかし彼が遊歩道の私宅までやって来た時、ジェインは満面に笑みを浮かべて現われ、その可愛らしいしぐさに彼はすっかり満足した。彼女はその晩、一緒には過ごさないと主張し、それとなく明日からはそんな制限はなくなるのだと、やさしく言った。それからごく控え目に、もしダラム氏が泊ったら人々が何か取り沙汰するかもしれないこともほのめかし、その点で彼も折れざるを得ず、彼女の控え目な態度を賞賛しながら立ち去った。ただし、最初の結婚の時はそのような驚くほどの礼儀作法など無しに求婚が進み、うまくいったことを思い出さずにはいられなかった。あの時はエヴェリルダ・ステラの母親はゲイツヘッドの二階の奥の部屋の明かりがついているのを見て、礼儀正しい作法が優勢ではない社会から抜け出して結婚したのだ。それに対し、ジェイン・チャールモントは公爵夫人あるいは天使、ヴィーナスそのもののように見え、まったく違う人間だった。それで、ダラム氏は、完全に打ち負かされ、黙従して、「デュークス・ヘッド亭」に引き下がり、ドクター・タイクが知ったなら認めないような多めのタートル・スープと年代ものの赤ワインを飲んで、自分を慰めた。不運にも、ドクター・タイクと夫人は、その晩のロンドンからの最終列車で到着することになっていた。そのためダラム氏は何もいさめられることなく、大いに食べて、がぶ飲みした。ダラム氏はルーシーに会って、容貌は美しさをやや失っているにもかかわらず、彼女を気に入り、自分とジェインが大陸旅行から帰ってきたら、なるべく早くオーピンガム・プレイスを訪ねるようにと促した。彼はキャサリンよりルーシーが気に入った。キャサリンと一緒にいると、すっかり気が休まるということがなかった。キャサリンは決然として、冷静で、彼よりずっと育ちがよかった。気骨のダラムがこの最後の、キャサリンが優る点を認めたわけではない。認めはしないが、一瞬その点で、彼はたじろいだ。一方ルーシーは、ダラム氏が写真よりも実物はよいと認め、——それはそれでけっこうなことだった。

お茶の後、心地よい夏の黄昏時、ルーシーは応接間のソファで、一人横になっていた。一人だったたのは、姉と妹は二階に居て、ジェインのことで忙しくしていたからである。ルーシーは一人物思いにふけっていた。ずい分昔のことや、それほど昔ではない楽しさでいっぱいの日々について考えていた。ジェインと彼女の将来のことを考えようとした。すると意に反して、アラン・ハートリーの姿が彼女の思いの中に入り込んできて、それを追いやることができなかった。ダラム氏から、彼が結婚式にやってきていると聞いていた。顔を合わせねばならないことを予想し、彼がどのように振る舞い、自分がどのように振舞うべきか考えては、その試練に身の縮む思いがした。ルーシーはひとり薄暗がりの中で、自分自身はきっと心弱くなるだろうと考え、恥ずかしく恐れを感じて頬がほてるような思いであった。彼女は心の中で救いを強く願いながら、自己憐憫の涙が目からにじみ出るのを抑えた。

ドアが開き、女中がハートリー夫妻の来訪を告げた。

驚いたルーシーは、立ち上がって出迎えようとしたが、ステラはそれよりも早く、両手を取って優しく彼女をソファに押し戻した。「ミス・チャールモント、私によそよそしくなさらないで。私の夫はあなたの旧友ですわ。あなたをルーシーとお呼びしていい？」

それでは、この人がアランの妻、この小さな、勝利者である女性、まだほんの子供のようなこの勝利者である女性は、ルーシーが愛したたった一人の男性を勝ち取ったのだ。ルーシーがこれに答えて、ステラと呼んで歓迎するには努力が必要だった。

そこでアランが進み出て握手をしたが、その様子は優しく立派で、かつて哀れなルーシーを欺いたあの声とやさしい態度であり、もうそれは決して彼女をだましてはならないものだった。彼は昔知り合った頃の楽しかった日々、分かち合った楽しい思い出、共に行動し、話し合った忘れられないことを話し出した。今でも、それ以上のことを意味しているように見えてもアランは友情だけのつもりなのだということを明示するには、そこに深紅の羽のついた帽子を被り、小さな手に結婚指輪をはめて微笑んで座っているステラという確証が必要だった。

ルーシーはアランの態度に魅かれて不快感を覚えた。彼がまだ自分の心に力を及ぼし得ることで自分に腹を立て、彼が自分にとって大事なものであるかのような様子を見せ、実際はそれ以上ではないことについて、少しばかり彼に対しても怒りを感じた。ソファを離れると言い張って、二回目のお茶の用意をするようにベルを鳴らし、訪問者の名前を姉と妹に告げるようにと命じた。二人が降りてくると、ルーシーは正しい作法にそむかない程度にアランに対し半ば背を向けて無視し、できる限りすべての注意をステラに向けた。すぐに二人は女らしい小さな楽しいことで一緒に笑うことになった。そしてルーシーは、入り組んだレースの編物を持ち出した。それは完成したらノッティング・ヒルに届けることになっており、ダラム氏が最初にそこを訪問した時の椅子の背おおいは、実際は彼女の製作したものとなるのだった。最後にルーシーは、つかの間だが、以前のように美しいピンクに頬を染めて目を輝かせ、新しい友達を案内して、ジェインの結婚衣装、ホニトン・レース(29)におおわれた白いサテンを見に、二階に上がっていった。

この訪問が終わり、ルーシーは自分の部屋で一人になると、安堵のため息を漏らし、ここついで、深い感謝の気持ちが湧いてきた。再会したアランは、彼女を失望させた。ここ何週間かの間、つきまとっていた恐ろしい魔物に立ち向かい、それは消えた。恐らく彼の結婚に驚いて失望らしきものが拡大され、他の女性の夫を愛し続けるという恐れが、彼女の感情に病的で不必要な敏感さを加えたのだ。どうであれ、彼女はアランに再会し、以前は魅了されていたその振る舞いに苛々させられたのだ。感情が急に変わり、ほとんど自分は幸運で、ステラが哀れに思えるほどだった。

彼女は幸せというより興奮し、歓喜に包まれ、勝ち誇った気分だった。少し悲しく、同時にたいへん嬉しかった。命が自分の内部で燃えるようだった。荷を下ろして軽くなり、血が勢いよくめぐり出し満ち溢れるようで、心臓が力強い鼓動を打ち始めたように思えた。彼女が一人で向き合いたくなかった思い出から、ハートリー氏自身がその危険な魅力を取り去った。思い出すことによって、彼女が恐れていた優しさと、彼女を苦しめていた針を取り去った。彼は同じであったが、違うものとなっていた。今初めて、ハートリー氏は空虚でないかもしれないが、浅薄な人間なのではないかとルーシーは思った。

彼女は輝く八月の月と星に向かって、窓を開け放って身を乗り出し、涼しい夜気を深く吸い込んだ。彼女は人々や出来事やさまざまな感情について考えるのをやめた。彼女の心はいっぱいに膨らみ、今まで感じたことのない、深い、我を忘れるような感謝の念で気分が高揚した。やっと眠りについた時、その眼は涙に濡れ、口元は微笑んでいた。

第十五章

結婚式が終わった。満たされた虚栄心がはっきりと表情に出ていなければ、ジェインはさらに美しく見えたかもしれない。花嫁とその家族が自分を見下しているという心中深く無言の確信がなければ、ダラム氏はさらに尊大にふるまったかもしれない。何ヶ月も計画し何週間も大騒ぎして結婚に至ったが、その結婚には片方は何の上品さも気配りもなく、もう片方はなんの尊敬も愛情ももたらすことがなかった。

しかし、結婚式の招待客は、尊敬や愛情が表されているかどうかを見定めようとして集まるものでもないし、この季節には珍しい美味しいものが供されれば、気配りや上品さがなくても構わないと思うものだろう。遊歩道に沿った家で行われたパーティーはその場にふさわしく次第に華やかになり、ありえないほど高価な輸入品で祝杯があげられた。

出発時はこの結婚式の中でも恐らく最もうまくいかないものだった。キャサリンは靴を投げ上げるのは迷信だと思い、ジェインは下品だと思ったので靴は投げないことにした。ダラム氏は「迷信」には立ち向かったかもしれないが、「下品」には立ち向かう勇気はなかった。そこでお祝いの靴投げがなしでは、十分に結婚した気分になれないことは心の中におさめ、卑屈にもジェインの軽蔑の言葉に同調した。だがステラは、父親の本当の気持ちを知っており、「迷信」も「下品」も無視することにした。それで最後の瞬間に自分の上靴をつかみ取ると、巧みに馬車の向こう側に投げ上げた。ジェインはこれにはうんざりし（二人の若い淑女達の友情は失われなかったが）、ダラム氏は心の中で満足した。

ルーシーは、嘲りの対象となる男とジェインが結婚するのをあまり見たいと思わず、結婚式には出席していなかった。しかし、心に何か不吉な予感があり、出発時はせつない気持で覗き見た。それは自然に不釣り合いな夫婦のための祈りに変わっていた。

しかし、夕方になって客の多くがロンドンに戻り、ミス・チャールモントの客として、再び集まった数人の本当の友達と親しい知り合いは、客間にいるルーシーが、ずっと具合が悪かったことを示すのにふさわしい薄物にくるまれ、その下に包まれた身体は大変痩せていることを知った。

ミス・チャールモントの考えでは、結婚式は楽しく、また厳かなものであるべきで、退屈や軽薄さは許されなかった。ダンスやトランプは軽薄で、会話は退屈になりそうであり、チェス以外のゲームはすべてくだらないものだった。チェスだけは別で、皆が退屈した時に役に立つものだった。これらの点をキャサリンはルーシーに向かって何度か強調して言っていた。ルーシーは不適当にもバガテル[30]に夢中になっているという疑いをかけられていた。ルーシーは今ソファのもっとも居心地のよい隅に座り、内気な気分で、退屈でも軽薄でもないどんな話題から始めていいかわからずにいた。

ドクター・タイクは彼女の当惑を新しい方向へと導いて、ほっとさせた。どうして、「ろうそくが灯される前の燕のお化け」みたいになってしまったのか、と彼は問いかけた。

「ルーシーったら!」とタイク夫人は皆に聞こえるような大きな声で言った。「あなたは本当にひどく見えるわ。ふさぎこんで死んでしまいそう。あなた、私達と一緒に湖水地方にいらしたほうがいいわ。お願いだから、ええ、いいわと言って一緒に来て」

アランはやさしい気遣いの気持で聞いていた。アーサー・トレシャムは聞こえないふりをして聞いていた。ルーシーとはすでに心のこもった再会の挨拶をかわしていたが、アーサー・トレシャムは彼女の顔がやつれていることは気づかなかったようだ。

「そうだ」とドクター・タイクは、再び言い始めた。「さあ、それで決まりだ。今夜荷造りをしなさい。明日一緒に出発しましょう。そうすれば、ただで医者にかかって最上の薬を飲めるんだから」

だがルーシーは、それは途方もない計画だと言い、年老いて何もしたくない気分だと言った。タイク夫人は、彼女の言葉を捉えて言った。「年老いているですって？　まあ、この子ったら！　私は今でも若い気分でいますよ！」

そしてドクターは付け加えた。「途方もないことをして、幸せになったらどうかね？‘Quel che piace giova’[31]、と、日のあたる隣国の人々が言ってるようにね。その上、あなたの言いわけは信じられない。《家にはいません》とカタツムリがキツツキのノックに答えるようにね」

ルーシーは笑ったが、頑として譲歩しなかった。キャサリンは彼女が好きなようにするべきだと主張した。とうとう妥協案が出された。ルーシーが、従姉夫妻が旅行から帰ってきたらすぐにノッティング・ヒルに行って、転地療養がいいとわかったら冬をそこで過ごすというものだった。「もし、そうならなかったら」と彼女は物憂げに言った。「また家に帰って、キャサリンに看病をしてもらうわ」

「もし、そうでなかったら」とドクター・タイクは今度ばかりは真面目に言った。「皆で一緒にナポリを見ることを考えましょう[32]」

イーディス・シムズは、髪の色も顔色もろうそくの明かりのせいであまり目立たなかったが、バランタイン氏が話に来てくれないかと思っていた。バランタイン氏は部屋の反対側にいるイーディスのことは気にかけず、何か決心して座っていた。ドランブルでの事故の前は、ルーシーのことを多少意識して見ているぐらいだったが、あの事故以来、彼女に借りがあることに落ち着かない気分でいた。そして今、ルーシーが一度冬の間にここを去ってしまったら、自分にしてみれば、ずっと行ったきりになってもう会えなくなるのではないかと思いながら座っていた。彼女は美しく、気だてがよかった。母のいない幼いフランクに優しかった。彼女の財産は、再婚相手のものとして考えていたものより、低いというより高いほうだった。もしイーディスが彼の考えていたことを知ったら、彼がようやく部屋を横切ってやってきてブルネットや投資の話をし、その後も夕食の席へと彼女を伴った時、そんなにも落ち着いてはいられなかっただろう。実際には、ろうそくの明かりと満足感がイーディスを引き立たせ、彼女はもっとも魅力的に見えた。

ゴーキンス・ドラム夫人は善意に満ち、古い針編みレースの下の銀鼠色の波紋模様のモアレ[33]がよく似合い、彼女のやせこけた義理の姉と比べて勝って見えた。そのミス・ドラムは、厳格で誠実な性格で祝賀の気分になれない様子だった。彼女は今や、彼女が予期していた「才能ある上品な男性」の実像を目の当たりにし、ジェインは彼自身というより彼の財産と結婚したのだと考えざるを得なかった。従って、険しい表情のミス・ドラムは、結婚式の来賓として見ると不吉な顔にみえた。

キャサリンは、その年取った友と同様に誠実であったが、正反対の方法をとった。彼女は最大の努力をして屈辱感と懸念を隠し、理想的な観点から考えてこの場にふさわしい気持のよい、もてなしをしようとした。しかし気楽さは彼女の本来の性質ではなかったので、この落ち着かない場で即座に気楽に考えることはできなかった。「礼節は人を作る」、「道徳は人を作る」という言葉が、しつこく頭の中で駆けめぐり、どちらの格言にもダラム氏をあてはめることはできなかった。ブロンプトン・オン・シーのどこにも、その晩のキャサリン・チャールモントほど気が重い人はいなかった。

第十六章

十一月がきて、タイク夫妻はまた家に落ち着いた。ルーシー・チャールモントはブロンプトン・オン・シーからノッティング・ヒルに向かう途上で、汽車の車両の中に座っていた。毛皮にくるまれ、開いた小説を膝に乗せ、彼女はとても気持ちよく片隅に座っているように見えた。その上、ジェインの結婚披露パーティーの時より、ふっくらして元気そうに見えた。その紛れのない愉快そうな表情は、膝に開いたままで読まずにいる小説によるものではなく、バランタイン氏のことを思い出して浮かんだものである。彼は前日、結婚の申し込みをして彼女がそれを断った時に、明らかにめんくらっていた。いつも自分に非があると思いがちな彼女だが、彼を誤解させるような言動や表情を見せたり、心に思ったりしたことは一瞬たりともないと思えた。従って良心は安らかだった。彼のこっけいな振る舞いを思い出して、礼儀としては気の毒に思いたいのだが、今もなおルーシーは面白がっていた。彼は申し込みをする時、特に一時の感情に駆られたものではないといった様子を見せていたが、彼女のきっぱりした「ノー」の返事を受けて悲しむというより狼狽しているようだった。そしてこの求婚について人には話さないでほしい、そのことが自分にとっては彼女が想像もできないほど大事なことなのだと、露骨にほのめかした。もし彼にとって大事でなければ、他の誰にとっても大事ではない。「きっと最後はイーディス・シムズに落ち着くのでしょう」と考えてルーシーは二人の幸せを願った。

ルーシーにとって一年前であったら、彼の申し出は単に無関心な事柄であっただろうが、今は違った。彼女の誕生日は終わったばかりであり、三十歳でも老け込んでいないと思うと満足だった。この誕生日はここ何ヶ月も脅かすように彼女の前に立ちはだかっていたが、今それが終わったのだ。三十歳になっても、二十九歳の時と見た目も気持も変わらないことは、かなり安堵感を伴うものだった。鏡を見てみると、たったの一晩で、年齢が明らかに加わったことを示してはいなかった。「結局」と彼女は考えた。「人生が三十歳で終わるわけではないわ」　彼女の思いは先にあるノッティング・ヒルに向かっていた。もし誰かのことを特に考えていたにしても、それはアラン・ハートリーではなかった。

アラン・ハートリーではなかったが、彼にはたびたび会うに違いないと予想していた。彼とステラはケンジントンにまた来ており、クリスマスをそこで過ごす予定だった。ステラのことは嫌いではなくむしろ好きだった。もはや彼女の今の状態を羨ましいとは思わなかったので、彼女と幾度となく顔を合わせることも悩みの種ではなかった。トレシャム氏もロンドンにいて、そこにずっと滞在しているようだった。というのは、彼は東洋から帰って以来、自分が遊んでいることに気がとがめ、イースト・エンドの下層階級地区にある、むさくるしい家を訪問し救済しようとする慈善団体に加わっていた。彼の趣味は他国に移住することだったが、趣味に熱中して貧困に苦しむ隣人を踏みにじることはしなかった。彼はロンドンで一生懸命に働き、決して毎日ぜいたくに暮らしてはいなかった。しかし時々は喜んでノッティング・ヒルのきれいな夜の空気と何かもう少し実体のあるものを楽しむこともあった。彼とルーシーは結婚式のパーティーで以前の関係に戻り、その後も一度ならず、トレシャム氏が海辺で一週間ほど過ごす休暇の間に会った。浜辺や、田舎の小道や、たくさんある谷間(34)のどこかで会った。彼らは連れ立って植物採集をした。ある日などは、一緒にイカを捕まえ、ルーシーは家路につく前に、それをそのまま海に戻そうと主張した。彼らは足元に生えているものや、前方に見えるものについて話した。二人とも、最初に知り合って互いに好意を持っていた頃の話は口にしなかった。しかし、今でもお互いに好ましいと思っていることは明らかであった。

アランではない誰かについて思いめぐらしているルーシーは、非常に美しい絵のような姿だっただろう。微笑みが彼女の顔にひそやかに浮かんだが、その表情は乱れることはなかった。彼女はわびしい秋の木の枝を見つめていたが、ぼんやりとした、やさしい目をしていた。やさしく、穏やかで、喜びに満ちて、しかし全体にせつない哀愁を帯びた表情だった。

短い冬のような日は、ロンドンブリッジに着く頃には暮れて暗くなっていた。ルーシーはプラットホームに降り立ち、ドクター・タイクの下僕に呼びとめられはしないかと期待していた。しかしそのような職務を持った者は現れず、乗客を待つ馬車の列にも、見馴れた太った御者は見つからなかった。ルーシーは同伴者もなく一人でロンドンに着いたり、あるいは駅で出迎えを受けないのは初めてのことだった。その今までにない状況に、心細く、多少緊張していた。そこで、壁を背にして目立たないように立っていることにしたが、その間にも積極的に動きまわる人達が荷物を見つけたり、見つけられなかったりしていた。彼女は待つ方が好きであったし、実際待たねばならなかった。乗客達は首を伸ばしたり、隣の人をひじで押したり、まごついたり、叫んだり、一行の召使をせきたてたりして、結局はすべてが正しく動いているとわかるのだった。大きな荷物の山が減っていき、三つの箱、カーペット地の旅行かばん一つ、大型バスケットが一つ残ったが、それらはルーシーのものだった。ポーターがその荷物を運び、ルーシーを辻馬車まで連れて行った。こうして彼女の心配事は終わった。

ロンドンブリッジからノッティング・ヒルまでの道を辻馬車の御者は勿論心得ていたが、ノッティング・ヒルの迷路で、彼は余分に料金を求めた。アップル・トゥリーズ・ハウスは広大な庭園内に建っていて、明かりがいっぱい灯されているに違いないこと、そしてやや急な坂を上った左側にあることをルーシーは御者に告げた。最初に何度か間違って曲がった後、次に後戻りし、何回かうまく推測が当たって彼らは庭園の塀のところに出た。それはドクター・タイクの敷地内であると、通りかかった郵便屋が教えてくれた。ルーシーは馬車から頭を突き出し、全体にとてもよく似ていると思ったが、ただ家そのものが恐ろしいほどの暗さに包まれているところだけが違っていると感じた。以前にはそれほど暗いと気づいたことはなかった。彼女は忘れられてしまって、皆外出しているのだろうか?

短い馬車回しを通り、扉をノックした。しばらく待って、再びノックした。ぶつぶつ言いながら御者が大きく長めに三回目のノックをすると、ようやく女の召使が泣きながら、ドアを開けた。彼女は明かりの灯されていない玄関の広間にルーシーを迎え入れて説明した。「ああ、お嬢さま、お嬢さま。旦那さまが発作を起こし、奥さまが取り乱していらっしゃいます。家中に奥さまのお声が聞こえるほどです」同時に、家中に叫び声とヒステリックな笑い声が響きわたった。

ろうそくの明かりを待たずに、ルーシーは広い階段をつまずきながらも、その家の勝手を知っていたので、従姉の叫び声を頼りに駆け上がった。二階の踊り場で、一つのドアが開け放たれていて、やっと明かりが見え、ルーシーはまっすぐに灯火と人々の中に走り込んだ。一瞬彼女は目がくらみ、何もはっきりとは識別できなかった。次の瞬間に全てを目にして理解した。アーサー・トレシャムと見知らぬ紳士が暖炉のところに青ざめた顔をして無言で立っていた。老いた召使が枕の上にかがみこみ、何やら音も立てず忙しくしており、タイク夫人はベッドの夫の傍らにうつぶせに身を投げ出していた。夫？　いや、もう夫ではない。彼女は未亡人になったのだから。

第十七章

暗くした窓、お悔やみのカードと声をひそめた見舞いの言葉、悲しみに満ちた声と顔、ひとつの踊り場をそっと歩く足音の一週間。多くの涙と静かな悲しみの一週間。多くの言葉の一週間、というのは、悲しみを言葉で表す人たちもいるからだ。そして半ば沈黙した同情の一週間、というのは、ある人々は同情さえも沈黙で表すからだ。この世の重さを測り、その重さが欠けていると知る一週間。また来世の重さがずっと重みを増していると気づく一週間。希望の花が塵のように立ちのぼって始まり、最後には再生という確かな揺るぎない希望で終わる一週間。

家財道具一切に関して、タイク夫人は夫が亡くなっても貧しくはならなかった。夫はほとんどすべてを妻に残し、完全にそれを妻の自由に任せた。彼は昔からの召使達は妻にとっても同様に大切であることをよく知っており、遺産を分け与えねばならない貧しい親戚は彼にはいなかった。甥のアラン・ハートリーとトレシャム氏が遺言執行者に任命された。アランはおだやかな性質で、たいていのもめごとはことごとく回避していた。特にこのような公式の面倒なことは一貫して避けた。アーサー・トレシャムはどんな些細な事も、なすべきことはきちんとした。それも友人の足りないところを隠すようなやり方で行った。タイク夫人は長年人に頼る習慣があり、当然、彼に頼るようになって、全ての細かいことについて彼に頼み、自分のために捧げる時間が、仕事や余暇や休息の時間をやりくりして作られたものかどうかなど一度も考えたことはなかった。彼が一番よく心得ているのであり、知識はいつも彼にあった。アランは心から叔父の死を悲しんでいたが、共同遺言執行者がアップル・トゥリーズ・ハウスに頻繁に訪問するので、それについてステラにこっそり冗談めかして話し、自分の至らないせいでその訪問が必要になっていることを無視していた。

夫に先立たれたタイク夫人はルーシーにすがりつき、とても優しく頼りない風情だった。彼女は何時間も暖炉の火にあたりながら話し、目と鼻を赤くして泣いた。一方ルーシーは、タイク夫人の手紙を代筆し、彼女の請求書に取り組んだ。それから二人とも眠くなり、暖炉のそれぞれの隅で向かい合って、まどろんだ。お茶を運んできた女中や、用事で、あるいは楽しみで立ち寄ったアーサーがそのような二人を目にすることもあった。タイク夫人は時には眠い目を開けてアーサーと握手だけすると、また寝てしまった。

しかしルーシーは一瞬ですっかり目覚めて、居ずまいを正し、いつでも彼の関わっている貧しい人々についての長い話にじっと耳を傾けるのだった。やがて、ルーシーはそういう人達に物を用立てるようになった。それをアーサーはポケットに入れて持っていったり、かさばってポケットに入らない時は包にして小脇に抱えて持っていった。やがて、たまたまアーサーが東洋に行く前の昔の話を始めると、二人とも相手が昔のことをよく覚えていることがわかった。そして次第に一緒に過去を振り返ることから、一緒に将来を見るようになった。

　ルーシーの恋愛期間は極めて散文的だった。老いた女達のフランネルの衣類や、老いた男達のリウマチの話などが、普通の求愛のこまごましたことと交互に現われた。指輪の交換は当たり前のように古い指輪の交換となった。アーサーは母親の結婚指輪を贈った。しかしルーシーは、父親のものだった立派なダイヤモンドのソリテール(35)を贈った。そして彼女の心のロマンティックな部分は互いの贈り物の価値が釣り合わないことで満足を感じた。ルーシーはアーサーの側にも、もう少しロマンスを感じさせるものがあればよいのにと思ったかもしれない。分別に欠けるほどではなくても、少なくとも、もう少し情緒的なもの、何か頼れるだけの十分な道理にかなったものと、嬉しい気分になれる、理屈を離れたものが望ましかった。「でも人はすべてを手に入れるわけにはいかない」

と自分の三十歳であることを、穏やかに思い出しながら考え、アーサーの信頼に足る心の中に何と深い休息の場所を見出したことか、アランの物腰の人を惹きつける調子のよさは何と深みのない態度であったかと感じた。そして自分の二度目の愛を最初の愛と比べて測り、誇らしさと謙虚の涙が彼女の目にあふれた。「人はすべてを手に入れるわけにはいかない」という言葉は忘れられ、「私はあの人に半分もお返しができない」にかわった。

指輪の交換の後、ルーシーは婚約したことをキャサリンとタイク夫人に告げた。ジェインにも、そしてダラム氏にも言葉少なに伝えた。ドクター・タイクの遺言に関わる全ての仕事が満足な形で片づき、アップル・トゥリーズ・ハウスが人手に渡ろうとする頃、彼女は家に帰る用意をした。タイク夫人は一人で放っておかれると何をしてよいかわからないので、ブロンプトン・オン・シーへの招待を望み、二人の姉妹から暖かい歓迎を受けた。アーサーは仕事でイースターまでロンドンに残る予定だった。それから海辺で友人達と合流して花嫁を紹介し、その後ルーシーを伴って、彼女を忘れることができなかったあの美しく青いボスポラス海峡[36]に行き、そのそばでハネムーンを過ごすつもりだった。

彼らの恋愛期間に、もしロマンティックな瞬間があるとしたら、それは煩く汚い混雑する駅での別れの瞬間だった。汽車が動き出した途端、アーサーは車両のステップに乗って、ルーシーの手を自分の手の中にぐっと握り締めたので、ルーシーはひどく驚いたが同時に嬉しさを感じたのだった。

第十八章

短い章は短い物語の終わりにふさわしい。

　五月半ばの、晴れた春の暖かい日か微風の吹く爽やかな夏の日か、いずれにしても完璧な一日の始まる朝、アーサー・トレシャムとルーシー・チャールモントは、健やかな時も病める時も死が二人を分かつまで互いに夫婦となることを誓った。ゴーキンス・ドラム氏が花嫁を引き渡す役をつとめた。ミス・ドラムは幸先のよい虹のように見えた。キャサリンは寛大な喜びに紅潮し、伸びやかな気持ちだった。ゴーキンス・ドラム夫人は、花嫁は上品で優雅だが老けて見えると言った。ダラム氏は高価な結婚祝いの品を送り、仰々しい愛情に満ちたスピーチをした。ジェインはやや尊大で、やや機嫌が悪く、とても堂々と立派な態度をしていた。アランとステラは――もう息子のアランが生まれていたのだが、この小さな愉快な子は父親よりも母親似だった――友達の結婚式を自分達の結婚式と同様に陽気に楽しんでいた。涙を流すこともなく、決まりきった偽善的な言葉もなく、靴も投げあげられなかった。今回は互いに愛し敬い、ひき離すことは誰にもできないような、ぴったりの男と女が結ばれたのだ。このようにこの結婚は偽りの賛辞や、偽りの純潔とは無縁だった。

結婚式の四ヶ月後、トレシャム氏は再びロンドンのイーストエンドの貧民の中に入って、熱心に活動していた。一方ルーシーはブロンプトン・オン・シーで休息の一日を過ごしていた。今ではキャサリンだけのものになった慣れ親しんだ昔の客間に座っていた。ルーシーは東洋から帰ったばかりで、華やかで溌剌としていて、やさしく楽しげで愛情に満ち幸せそうだった。とても幸せだったため、今のこの状態をこれから迎える将来のほか何ものにも代えがたいと思っていた。あまりにも幸せで、キャサリンが自分ほど幸せではないだろうと考えると悲しくなった。

姉妹は開いた窓辺に座っていた。二人は似ているようで違っている。姉は、立派で断固とした落ち着いた様子だった。妹は、やさしく美しい目にいつもの憧れの表情を浮かべていた。二人はジェインの話をしていた。ジェインは自分の今の状態に不満ではないが、あまりにもあからさまに夫を軽蔑していた。最近夫のことをオーピンガム・プレイスに住むための居住税だと書いてきたことがあった。あまりにも世俗的で心が曲がってしまったのか、または手紙に間違ったことを書いたのか、そのどちらかだとジェインについて語りあった。二人は話し終えて黙り込んだ。キャサリンはこの世の誰よりもこの軽薄な妹を愛していたので、彼女のために刺されるような恥と悲しみを感じそれに耐えるには、沈黙するしかなかった。

客間の窓いっぱいに見渡せる海は美しく、力強く、抗いがたく、さざめきながら広がっていた。キャサリンの人生に重荷を負わせた海、そしてそこから彼女は今離れるつもりはなかった。ルーシーは不安な悲しみの感情が湧きあがって海から逃げ出したのだ。

とうとう、ルーシーは真剣に話し始めた、「ああ、キャサリン、私、お姉さまのことを考えるとこんなに幸せに感じてはいられないわ！　お姉さまにも幸せな未来があったらいいのに！」

キャサリンは幸せな妹のほうへかがむとキスをした。彼女にしては珍しく愛情を表すしぐさだった。それから広々とした空と海に顔を向けた。――「あら、まあ！」と彼女は答えた。そのまなざしは雲と波の彼方にそそがれ、水平線に輝く細長い一筋の日の光を見つめていた。「あら、まあ！　私の未来はあなたのより遠いようね。でも私にもきっと未来があるわ、そして私は待つことができるのよ」

あとがき

イギリス、ヴィクトリア朝の詩人、クリスティーナ・ロセッティ（一八三〇〜九四）は、抒情詩や、『ゴブリン・マーケット』、『シング・ソング童謡集』などで日本でもよく知られている。散文作品『ありふれたこと』は、一八七〇年、作者が四十歳の時に発表された*Commonplace and Other Short Stories*の表題作である。この作品は細かい人物描写と日常生活の描写を通して、ヴィクトリア朝中産階級の生活の雰囲気をよく伝える中編小説であり、ロセッティ特有の表現を滲ませながら、ギャスケル夫人やジェイン・オースティンを思わせる作品である。

辺鄙な海辺の町ブロンプトン・オン・シーと都会ロンドンを舞台に描かれる三人の姉妹の結婚をめぐる物語は、父親の謎めいた死で始まり、従兄の唐突な死で終わる。二つの死に挟まれた形で物語が展開する。

自分の誕生を知らないまま父が亡くなったために、遺産を与えられず経済的基盤を持たない末娘は、世俗的な利欲に駆られた結婚をする。次女は一つの恋愛が誤りであることに気づき、苦しい経験をした後で穏やかな結婚の道を取る。長女は「家」や「海」に象徴される「運命」そのものに忍従しながら希望と自尊心を保って、「待つ」姿勢を取り続ける。それぞれの姉妹の姿には、作者自身の体験と実感が分散された形で投影されている。

ロセッティの詩作品と同様にこの小説は、愛と死が常に身近にあり、それこそが生であることを読者に伝えている。

翻訳に際して、土岐知子先生、安藤幸江先生から助言をいただいたことを厚く感謝したい。また、二人の友人から多くの貴重な意見を得て訳書を完成させたことをここに特記し、深く感謝したい。出版が実現したのは、快く引き受けてくださった溪水社社長の木村逸司氏のおかげであり、心から感謝をしたい。

二〇一六年八月

Cantalupo, Catherine Musello. "Christina Rossetti: The Devotional Poet and the Rejection of Romantic Nature." *The Achievement of Christina Rossetti*. Ed. David A. Kent. Ithaca: Cornell UP, 1987.

D'Amico, Diane. *Christina Rossetti: Faith, Gender and Time*. Baton Rouge: Louisiana State UP, 1999.

Hassett, Constance W. *Christina Rossetti: The Patience of Style*. Charlottesville: Louisiana State UP, 1998.

Leighton, Angela. *Victorian Women Poets: Writing Against Heart*. Charlottesville and London: UP of Virginia, 1992.

Marsh, Jan. *Christina Rossetti: A Writer's Life*. New York: Viking Penguin, 1995.

Roe, Dina. *Christina Rossetti's Faithful Imagination: The Devotional Poetry and Prose*. Basingstoke: Palgrave Macmillan, 2006.

主な参考文献

［邦語文献］

竹友藻風『クリスティナ・ロウゼッティ』（研究社、1924年）

入江直祐訳『クリスティナ・ロセッティ詩抄』（岩波文庫、1940年／2006年）

岡田忠軒『純愛の詩人クリスチナ・ロセッティ：詩と評伝』（南雲堂、1991年）

安藤幸江訳『シング・ソング童謡集』（文芸社、2002年）

上村盛人訳『モード』（溪水社、2004年）

［英語文献］

1．Christina Rossettiの作品・書簡集

The Complete Poems of Christina Rossetti: Variorum Edition. 3 vols. Ed. Crump, R. W. Baton Rouge: Louisiana State UP, 1979-90.

The Poetical Works of Christina Georgina Rossetti with Memoir and Notes by William Michael Rossetti. Ed. William Michael Rossetti. London: Macmillan, 1904/1906.

The Collected Letters of Christina Rossetti. 4 vols. Ed. Antony H. Harrison. Charlottesville: UP of Virginia, 1997.

Selected Prose of Christina Rossetti. Eds. David A. Kent and P. G. Stanwood. New York: St. Martin's Press, 1998.

Commonplace. Foreword by Andrew Motion. London: Hesperus Press Limited, 2005. (First published in 1870)

2．研究書

Arseneau, Mary. *Recovering Christina Rossetti: Female Community and Incarnational Poetics.* Basingstoke: Palgrave, 2004.

*Athenaeum*誌（1870年６月４日）に『ありふれたこと』の書評が載り、その中では、『クランフォード』と類似していると書かれている。（*Letters* Vol. 1. 427, p. 354-55）
24. flys. [flies]（昔の）一頭立て貸し馬車。
25. Cooee. オーストラリアのアボリジニーによって使われ、イギリス植民地開拓者にも使われた合図の呼び声。
26. royal sentries in coloured pasteboard effigy…. ロセッティは友人に宛てた手紙の中でカーライルで目にした情景を書いたと述べている。（*Letters* Vol. 1. 426, p.354）
27. a pocketful of plums. おそらくギャスケルの*Mary Barton*の中に引用されている童謡に言及したもの。38章“Clap hands, daddy comes / With his pocket full of plums / And a cake for Johnny.”
28. vis-à-vis.「向かい合わせに座って」したがって、「無作法なほど近くに」。
29. Honiton lace. デヴォン州のホニトンを生産地とするホニトンレースは葉や花、小枝模様を編み込んだレースで、結婚式の衣装として人気があった。
30. bagatelle. バガテル。玉突きの一種。
31. “Quel che piace giova.”“What delights is useful.”「好きなものこそ、あなたのためになる」（イタリア語）
32. seeing Naples together. これは“See Naples and die.”という表現を思い起こさせる。
33. moire. 波紋模様や雲紋模様をつけた織物。
34. drumbles. dumbleまたはdimbleなどの異なる形を持つ方言。「陰の多い谷間」の意。
35. solitaire. 宝石を一つだけはめたカフスボタンなど。
36. Bosphorus. マルマラ海と黒海を結ぶ海峡。海峡を挟んでイスタンブールがある。

9. Hone. William Hone (1780-1842) は、ジャーナリスト、本屋、諷刺家、改革者、作家。

10. *tableaux vivants.* 衣装をつけた登場人物が舞台で見せる活人画。

11. charades. なぞ掛けの詩［絵、動作］で表すことば。

12. Crystal Palace. 水晶宮。第一回万国博覧会 (1851) の際に、Joseph Paxtonの設計でHyde Parkに建てられた鉄骨ガラス張りの建築。1936年に焼失した。

13. *Realmah.*『レルマ』は、ヴィクトリア女王の顧問、Sir Arthur Helps (1813-75) によって書かれた。架空の人物の会話を通して社会的道徳的問題を扱う作品。

14. the sugar and spice and all that's nice. *Mother Goose* rhymesの中の "What are little girls made of?" から引用されている。

15. love-apple. トマト

16. Boreas. トラキアに住む古代ギリシャの北風の神。ここでは語呂合わせである。

17. Athenian owl. フクロウは、アテネの守護神であり、ギリシアの知恵の女神であるアテーナーにとって聖なるものであった。ローマ人は彼女を芸術、工芸の女神、ミネルヴァと呼んだ。描かれている場面はパリスの「審判」の場面を指す。

18. mossには髪の意味もある。

19. cadets. 世襲の相続財産を持たない、ジェントリー階級の家族の次男以下の息子。

20. an M copy. Mの文字を書く手本。mannersやmoralsではなく「moneyがmanを作る」と変えている。

21. Bluebeard. 六人の妻と結婚して、次々と殺害してとりかえた、おとぎ話の残忍な人物。

22. dog-cart. 小型の軽装二輪馬車。

23. Rocky Drumble. ドランブルはエリザベス・ギャスケルの*Cranford* (1853) の中では重要な町であり、実際は都会マンチェスターを指すが、クリスティーナは美しい谷間として描いている。

註

本邦訳『ありふれたこと』の原書テクストは*Commonplace,* 1870. Hesperus Classics, Foreword by Andrew Motion, 2005である。

原註を参考にして、説明を要すると思われる表現や原文の英語などについて註を付した。

1. Bradshaw. George Bradshaw（1801-53）によって書かれた『ブラッドショウ鉄道案内』。1839年に最初に発行された英国鉄道の総合的時刻表である。

　ブロンプトンはスカーバラの数マイル西にある実在の村で、ヨークシャー海岸の主要な保養地である。
2. この作品の題について、姉のマライアが*Births, Deaths, & Marriages*という題を思いついたが、同名の本は1839年にTheodore Edward Hook（1788-1841）によって出版されている。クリスティーナは「特に目立った登場人物や出来事のない、日常を扱っているこの物語の題名は*Commonplace*の他には思いつかない」と述べている。（*Letters* Vol.1. 414, p.347）
3. Indian army-surgeon. インドの英国陸軍に所属する外科医。
4. Mrs. Grundy. Thomas Mortonの戯曲*Speed the Plough*（1798）から取られた、慣習的な意見や社会のしきたりを典型的に表す架空の人物。
5. Notting Hill. ロンドンのケンジントン区の一地域。
6. Se nonèveroèben trovato. “If it's not true, it's well devised.”「本当でなくてもうまく出来ている」（イタリア語）
7. antimacassar. 椅子やソファの背やひじ掛けを保護するための被い。
8. Mother Bunch. 16世紀後期のLondonの有名なビール店のおかみ。ここではランチとの語呂合わせ。

訳者紹介

橘川　寿子（きつかわ　ひさこ）

東京女子大学で学士号取得。私立中学高校で英語を教えた後、
東京女子大学で修士号取得。
首都大学東京大学院博士後期課程単位取得満期退学。
現在は東京女子大学非常勤講師。
訳書：『クリスティーナ・ロセッティ　叙情詩とソネット選』
（音羽書房鶴見書店、2011 年）

ありふれたこと

平成 28 年 12 月 15 日　発　行

著　者　クリスティーナ・ロセッティ

訳　者　橘　川　寿　子

発行所　株式会社　溪水社

広島市中区小町 1 － 4（〒730-0041）
電　話（082）246 － 7909
F A X（082）246 － 7876
E-mail: info@keisui.co.jp

ISBN978-4-86327-374-0 C0097

The cover image reproduces Dante Gabriel Rossetti's pencil sketch, ca.1848. Used by permission of the Ashmolean Museum.